LEONID ZYPKIN

DIE WINDE DES ARARAT

aufbau

LEONID
DIE ZYPKIN

WINDE DES ARARAT

Aus dem Russischen
von Susanne Rödel

aufbau

Die Originalausgabe unter dem Titel
Norartakir
erschien 2005 bei Nowoje Literaturnoje Obosrenije, Moskau.

MIX
Papier aus verantwortungsvollen Quellen
FSC® C083411
FSC
www.fsc.org

ISBN 978-3-351-03930-1

Aufbau ist eine Marke der Aufbau Verlage GmbH & Co. KG

1. Auflage 2022

Einbandgestaltung U1berlin, Patrizia Di Stefano
Satz LVD GmbH, Berlin
Druck und Binden CPI books GmbH, Leck, Germany
Printed in Germany

www.aufbau-verlage.de

... ruhte die Arche auf dem Gebirge Ararat.

Genesis 8:4

1 Der Terrorist

Norartakir – so wurde der höchstgelegene Teil der Stadt genannt, offen für Winde aus allen Himmelrichtungen, auch für die, die vom Ararat-Tal wehten, obwohl unverständlich blieb, wie ein Wind von unten nach oben wehen kann, aber eigentlich war dieser Satz der Reiseleiter sehr beeindruckend und professionell – übrigens klang ihre Behauptung, das bergige Relief der Gegend, in der die Stadt lag, sei Ursache für den Temperaturunterschied und die Wechselhaftigkeit des Mikroklimas, weitaus überzeugender –, wenn es winters im tiefer gelegenen zentralen Teil der Stadt regnete, schneite es oben, und Norartakir war wahrscheinlich unter den Ersten, die das zu spüren bekamen, aber jetzt konnte man sich all das sehr schwer vorstellen: endlos lange und heiße Straßen fast ohne Schatten, umsäumt von vier- und fünfstöckigen Häusern aus Steinblöcken, die aus unerfindlichen Gründen Kalktuff genannt wurden, und eigentlich hätte dieser Tuff farbig sein müssen, war aber grau wie übliches Baumaterial, und dennoch schien es Boris Lwowitsch, als müsse es in den Häusern, hinter den dicken Steinwänden, kühl sein – die Straßen führten nach oben – offenbar zum höchsten, unsichtbaren

Punkt Norartakirs, wohin man wohl kaum gelangen konnte – von früh bis spät rasten Autos über die Straßen, über die Hauptstraße, die den unteren Teil der Stadt mit dem unerreichbaren höchsten Punkt Norartakirs verband, in unaufhörlicher Reihe fuhren Busse und Trolleybusse, ratterten Straßenbahnen über die Schienen, die eher wie Eisenbahngleise anmuteten, weil das Gleisbett entweder zerlegt oder noch nicht gelegt worden war, und wenn man die Straße überquerte, musste man über die Schienen hüpfen – der Wind wirbelte den Staub auf, und der knirschte zwischen den Zähnen, und der Himmel, dem die Straße zustrebte, blieb hoffnungslos blau, und das Hotel, das sie bezogen, hatte fast den gleichen Namen – es hieß »Artakir«, das Präfix »Nor« bedeutete »Neu« – Neu-Artakir – ein Ortsansässiger oder ein Reiseleiter erklärte ihnen, dieses Viertel sei vor relativ kurzer Zeit errichtet worden und hier wohnten Remigranten aus dem Westen – ach deshalb hing an den Häusern dieses Viertels kaum Wäsche, sagte Tanja, das hätte sie sich gleich gedacht – morgens, wenn Boris Lwowitsch aufwachte, lief er in weißen Unterhosen auf den Balkon – der Balkon ging zum Hof raus, der mit Kisten, Fässern und rostigem Eisen vollgestellt war, und an dem Metallseil, das zwischen den fensterlosen Wänden der Nachbarhäuser, die ebenfalls zum Hotelhof zeigten, gespannt war, hingen Bettlaken und Steppdecken – in jede von ihnen hätte man eine ganze Familie einwickeln können mitsamt den schwarzbraunen Kindern, die mit mörderischem Geschrei auf dem Hof oder der Straße herumtobten – Boris Lwowitsch lief in diesem Aufzug auf den Balkon, um Tanja zu necken, zumal die übrigens immer zugehängte Tür des Nebenzimmers ebenfalls auf diesen Balkon führte. »Du bist verrückt geworden!«, rief sie ihm nach – er trat ganz dicht an das Balkongeländer heran und beugte sich sogar ein wenig darüber, wovon er in den Knien eine süße, Übelkeit auslösende Schwäche spürte – »Kann man ihn sehen?«, fragte Tanja und zog sich den Morgenmantel über, als ob es um einen Lebenden ging – und er war zu sehen, und das tröstete Boris Lwowitsch sogar, denn wenn ihre Fenster auf die Straße gingen, hätten sie ihn nicht sehen können, selbst wenn sie sich noch so sehr nach vorn beugten, damit die Wand des Hotels, in dem sie wohnten, sie nicht behinderte – »Sieh nur! Sieh nur!«, sagten sie einander, wenn sie auf dem Balkon standen und nach links, nach Süden blickten – »Komm doch dichter heran, von dort siehst du gar nichts« – er nahm ihre Hand und wollte sie dichter an das Geländer ziehen, aber sie hatte seit ihrer Kindheit Höhenangst – zumindest mehr als zwanzig Jahre, seit sie verheiratet waren – »Sieh! Sieh!« –, sie standen da und schauten nach links: Norartarkir mit all seinen Häusern, Höfen und Straßen brach ab, verschwand irgendwohin nach unten und verlor sich im Dunst, der den unteren Teil der Stadt und das Gebirgsplateau einhüllte, das wohl als Ararat-Tal bezeichnet wurde, hinter dem Gebirgsplateau jedoch, hinterm Horizont und über dem Dunst, hoch am Himmel, hing unbeweglich eine durchsichtige Wolke, die aussah wie zwei Schneegipfel – der eine, der nähere, höhere, der andere, kleinere, versteckte sich hinter ihm, war aber trotzdem zu sehen – je höher die Sonne stieg, desto mehr löste sich die Wolke auf, verwandelte sich in ein Phantom – in einer halben Stunde blieb nur noch der dunstverhangene hellblau-weißliche Himmel übrig – »Gib das Fernglas her!«, schrie er ihr zu, und sie rannte brav ins Zimmer, und am nächsten Morgen tauchte erneut mit der Unweigerlichkeit des Morgengrauens, der Nacht oder des Todes hoch am Himmel die silbrige Wolke mit den zwei Höckern auf – die zwei Schneegipfel des Ararat. Erst vor ein paar Tagen, vor drei oder vier vielleicht, waren sie angekommen, vorher hatten sie in dem Kurort, wo sie Urlaub gemacht hatten, eine Abschiedsrunde am Ufer gedreht, das Flugzeug hatte Kurs auf Süd-Ost genommen, denn man sah weder rechts oder links die Sonne – das heißt, sie flogen der Sonne entgegen, die gerade aufgegangen war, weil es früh am Morgen war – wenn man die Blende so weit zurückzog, wie es ging, den Hals vorstreckte und sein Gesicht an die kalte Scheibe des Bullauges presste, konnte man noch das Meer und den gewundenen Küstenstreifen sehen, der sich nach Süden in Richtung Staatsgrenze hinzog – über Dutzende Kilometer erstreckte sich der endlose Strand, den eine ebenso endlos lange Welle netzte, und Boris Lwowitsch schien sogar, dass am Ausgang dieser Welle, da, wo sie ans Ufer brandete, spitzenähnlicher Schaum hochkochte, aber Boris Lwowitsch verblüffte die Leere dieser unendlichen Strände, bis ihm plötzlich klar wurde, dass man aus dieser Höhe nicht einmal Häuser, geschweige denn Menschen erkennen konnte – unter ihm lag beinahe schon eine geografische Karte mit den Umrissen des Festlands – und Meer und Küste versanken im blauen Dunst, weil das menschliche Auge nicht weiter als hundert Kilometer sehen kann, doch durch die Fenster der gegenüberliegende Seite, besonders wenn das Flugzeug sich nach links neigte und Küste und Meer irgendwohin verschwanden und stattdessen der Himmel mit einer Nuance von unnatürlichem, sicher bereits kosmischem Blau aufleuchtete – zeigten sich durch die Fenster der gegenüberliegenden Seite plötzlich die Berge, ja wahrscheinlich der gesamte kaukasische Gebirgsrücken – Boris Lwowitsch wünschte sich sehr, gleichzeitig die Küste und die Berge zu sehen – er erhob sich sogar ein wenig von seinem Sitz, um aus dem hinter ihm liegenden Fenster zu blicken, aber das über seinem Kopf hängende Netz und die Sitzlehne behinderten ihn; wenn er jedoch aufstand, konnte er die Berge besonders gut sehen – »Tanja, der Elbrus!«, schrie er seiner Frau ins Ohr, weil er lauter sein wollte als das Motorengedröhn, sie aber hatte im Flugzeug immer

Angst, ihr würde schwindlig, und sie presste ihren Rücken an die Lehne und hielt die Augen fest geschlossen, als würde sie in diesem Augenblick operiert, doch sie öffnete ihre Augen dennoch für eine Minute, drehte den Kopf und versuchte, etwas zu erkennen – ein paar Jahre zuvor waren sie auf Urlaub in einem kaukasischen Kurort, und von dort aus konnte man bei gutem Wetter morgens die beiden Gipfel des schneebedeckten Elbrus sehen – auch über ihn sprach Tanja wie über einen Lebenden und sagte immer »er« – jetzt, von der Höhe aus, auf der sie sich befanden, schien er seltsam nah, und man sah den mittleren schneefreien Teil des Bergs und sogar seinen grünen Fuß – einfach ein Berg mit zwei schneebedeckten Gipfeln und daneben noch mehr Berge, nur kleiner und viele von ihnen ebenfalls schneebedeckt, »Schneehüte«, wie die Bergsteiger sie liebevoll nannten, oder einfach die Touristen oder sogar die Feriengäste, die man mit Bussen herumfuhr, um ihnen die Schluchten und Berge zu zeigen, und Boris Lwowitsch ertappte sich auch bei dem Wort, wenn er in Moskau erzählte, wie Tanja und er auf Ausflügen unterwegs waren – man sah noch den Elbrus und, wenn man sich aufrichtete und durch das vorderste Bullauge auf der gegenüberliegenden Seite schaute, erblickte man vorn und unten den Kasbek – Boris Lwowitsch erkannte ihn sofort, obwohl er ihn noch nie gesehen hatte – lediglich auf den Schachteln der gleichnamigen Zigarettenmarke –, auf einem ihrer Ausflüge sollten sie ihn aus dem Busfenster sehen, und sie hatten angestrengt in die Ferne geblickt, zum Horizont, wohin der Reiseleiter gezeigt hatte, aber da war nur Himmel, und dann erklärte ihnen der Reiseleiter, dass dafür besondere atmosphärische Bedingungen nötig waren, jetzt aber, vom Flugzeug aus, konnte Boris Lwowitsch ihn endlich sehen – »Tanja, der Kasbek!«, genau so hatte er ihn sich vorgestellt: irgendwie unfertig, mit beschädigtem, angenagtem Gipfel, als habe jemand ein Stück vom Berg abgeknabbert – durch die hinteren Fenster sah man noch den Elbrus und vorn den Kasbek, die beiden höchsten Gipfel des Kaukasus, und er, Boris Lwowitsch, befand sich noch viel weiter oben, so als sähe er vom Everest auf sie hinunter, wie Tenzing, der Name fiel Boris Lwowitsch plötzlich ein, obwohl er sich nie für Bergsteigen interessiert hatte, aber er befand sich noch weiter oben als Tenzing, weil das Flugzeug etwa in einer Höhe von neuntausend Metern flog, und der Everest war etwas höher als achttausend, doch komisch, niemand wunderte sich darüber – die Passagiere schlummerten friedlich auf ihren Sitzen, schauten hin und wieder zerstreut aus dem Fenster, als führen sie mit dem Vorortzug zur Arbeit, oder blätterten ebenso zerstreut in den Illustrierten – Küste und Meer waren auch bei äußerster Anstrengung nicht mehr zu sehen, selbst dann nicht, wenn man seinen Kopf zwischen Fenster und Vordersitz klemmte, rechts aber erstreckten sich, so weit das Auge reichte, menschenleere Hügel – gewiss waren das gleichfalls Berge, wenn auch nicht so hohe wie die links nach Osten zu – doch aus dieser Höhe sahen sie wie Hügel aus, nur irgendwie gerippt, mit Schatten dazwischen – nicht einmal Hügel und Berge, sondern einfach Falten in der Erdkruste, die sich vor Hunderttausenden oder sogar Millionen von Jahren herausgebildet hatten, als es weder Menschen, ja nicht einmal Tiere gegeben hatte, erstarrt in ihrer Ursprünglichkeit, genau so kahl wie damals – der winzige Schatten des Flugzeugs glitt wie ein Kreuz über sie hinweg, tauchte hin und wieder in die Schatten ein – die Sonne stand irgendwo links vom Flugzeug –, also waren sie nach Süden abgedreht, und diese kahlen grauen Hügel gingen über in die Türkei, vielleicht war das sogar schon die Türkei, und der Flugzeugschatten glitt über türkische Erde – nur warum war diese Erde so kahl und menschenleer? – irgendwo dort, hinter den Hügeln verbargen sich fremde, unbekannte, laute Städte, mit greller Reklame in einer unbekannten Sprache – Städte, in denen Boris Lwowitsch nie war und höchstwahrscheinlich nie sein würde und in denen man mitten auf der Straße stehen bleiben und das herausschreien könnte, was man hier nicht zu flüstern wagte, nicht einmal in der eigenen Wohnung, und vor aller Augen, an der belebtesten Kreuzung könntest du die Zeitung in kleine Schnipsel zerreißen und darauf herrumtrampeln, und keiner würde von dir Notiz nehmen, und du könntest aus voller Kehle brüllen, welche Lügen man um das kleine Land gesponnen hat, das einen ungleichen Kampf gegen das riesige Kalifat führt, du könntest dir einfach ein Ticket kaufen, zum Flugplatz fahren und in eine x-beliebige Stadt der Welt fliegen, wohin du willst, und dieses Land war ganz nah, vielleicht fünfzehn oder zwanzig Kilometer von ihm entfernt, und er sah es, und der Schatten ihres Flugzeugs glitt über dieses Land hinweg, und er spürte, wie ein bittersüßer Kloß in seinem Hals hochstieg – »Tanja, die Türkei«, raunte er seiner Frau zu, nachdem er sich vorher umgesehen hatte, aber sie hatte ihn verstanden, und jetzt schauten sie schon beide zum Fenster raus, pressten ihre Stirn an die kalte Scheibe, drückten sich die Nase platt – um ans Fenster zu reichen, musste sie aufstehen und sich mit den Händen auf seinen Knien abstützen, und ihm schien sogar für eine Minute, dass das Flugzeug jetzt gleich auf ihre Seite kippen würde – »Das Anatolische Plateau«, sagte Tanja – in der Schule mochte sie Geschichte, und statt »Fürsten« sagte sie »Teilfürsten« oder »Flickenimperium« und statt »Disraeli« – »Lord Disraeli«, besonders oft wiederholte sie »Lord Beaconsfield« – Boris Lwowitsch hatte allerdings nicht begriffen, worin dessen historische Rolle bestand und ob er und Disraeli ein und dieselbe Person waren oder nicht – »Warum Plateau? Das sind doch Berge«, sagte Boris Lwowitsch – »Ein Großteil des Territoriums der Türkei liegt auf dem Anatolischen Plateau«, stellte Tanja fest – ihre Hände brannten auf seinen Knien, und außerdem tat es weh – »Gut, gut«, sagte er – »Na klar, wenn ich das sage ...«, sie setzte sich wieder auf ihren Platz, gab seine Knie frei und lehnte sich beleidigt auf ihren Sitz zurück, aber es gelang ihr nicht, wie kurz vor einer Operation auszusehen. »Was meinst du, ist das ein Terrorist?«, fragte sie ihn flüsternd und nickte mit dem Kopf in Richtung eines jungen Mannes, der vor ihnen saß, am Durchgang zum Cockpit – er hatte einen breiten Rücken, lange schwarze Haare, die seinen Hals bis zum Jackett aus modischem Glitzerstoff bedeckten – die ganze Zeit über saß er reglos da, als sei er an seinem Platz angewachsen, las nichts, interessierte sich nicht für das, was vor dem Fenster los war – er war ihnen bereits auf dem Flugplatz aufgefallen, als ihre Koffer kontrolliert wurden, weil das ein Flug ins Grenzgebiet war –, die Frau in Stewardess-Uniform, die an der Metallsperre stand, hatte voller Abscheu und Widerwillen ihre Hand in die halb geöffneten Koffer gesteckt, die man hinterher nicht mehr zubekam, weil Unterwäsche und Pyjamas herausquollen – der große junge Mann mit dem dunklen Teint und dem Anzug aus Glitzerstoff hatte überhaupt kein Gepäck – er stand mit über der Brust gekreuzten Armen da, als befühle er die Muskeln seiner Schultern, vertrat sich auf dem Asphalt mit seinen in Lackschuhen steckenden Füßen ein wenig die Beine, als warte er gnädig, bis das ganze Hin und Her mit der Kofferkontrolle vorbei sei. »Ich bin sicher, dass das ein Terrorist ist«, wiederholte Tanja. »Ich weiß nicht«, sagte Boris Lwowitsch gleichgültig, aber sein Herz klopfte auf einmal schneller, und er stellte sich eine Minute lang vor, wie der breitschultrige junge Mann im Glitzeranzug plötzlich von seinem Sitz aufspringt, mit einem Ruck unter seinem Jackett ein Gewehr und eine Handgranate hervorholt, das Gewehr auf die im Flugzeug sitzenden Passagiere richtet und mit der Granate der Crew droht – das dunkelhäutige Gesicht des Terroristen ist wutverzerrt –, er steht in der Tür zum Cockpit, und während er mit dem Gewehr in die Kabine zielt, diktiert er dem Piloten seine Forderungen – das Flugzeug ändert seinen Kurs – »Wir landen in der Türkei«, flüsterte Boris Lwowitsch halb im Scherz, halb im Ernst Tanja zu. »Würdest du dort bleiben?«, sie fragte ihn fast nur mit den Lippen, und weil er zur Antwort lediglich unbestimmt die Schultern zuckte und sogar alles Konspirative vergaß: »Sag bloß, du würdest dort bleiben?« Und dabei war unklar, was in ihrer Stimme überwog – Begeisterung über seinen Mut oder Verachtung für das, was er zu tun vorhatte. »Natürlich«, sagte er, um sie nicht zu enttäuschen. Die Fenster ihrer Moskauer Wohnung gingen auf den Boulevard – wenn er am Fenster stand und auf die Passanten und Spaziergänger auf dem Boulevard blickte, konnte er besonders gut nachdenken – die Sätze kamen, kamen von selbst, und er hatte Mühe, sie bis zum Tisch zu tragen und aufzuschreiben, und wenn er auf Sitzungen redete, brachte er sich immer mehr in Fahrt, wich manches Mal von dem vorbereiteten Text ab und suchte sich das Gesicht irgendeiner jungen Frau aus, der Verwandten eines Studenten oder einfach einer im Saal Anwesenden – die Augen der Frau verfolgten ihn unablässig, voller Hoffnung und Begeisterung – die weit geöffneten Augen eines Schulmädchens, und überhaupt könnten die türkischen Staatsorgane sie ausliefern ... »Das ist eher ein Sicherheitsmann«, sagte Tanja, vielleicht erleichtert oder enttäuscht, und weil Boris Lwowitsch ihr nicht antwortete, wiederholte sie: »Ich bin ganz sicher«, und obwohl er begriffen hatte, dass der junge Mann auf dem Platz vor ihnen ein ganz normaler Fluggast war – wahrscheinlich hatte er ein Rendezvous, und heute Abend oder morgen früh musste er zurückfliegen –, dachte Boris Lwowitsch trotzdem, es sei ein Sicherheitsmann, und verspürte ihm gegenüber sogar Vertrauen und Dankbarkeit, weil er ihn und Tanja und die anderen Fluggäste vor allen möglichen Banditen und Terroristen beschützte – wahrscheinlich lag in seiner rechten Hosentasche ein kleiner Browning, vielleicht sogar eine große Pistole, und wenn einer aufmuckte, würde er sie sofort aus der Tasche ziehen – unklar war nur, weshalb er mit dem Rücken zu allen saß und sich während der ganzen Zeit nicht einmal umgedreht hatte – sein breiter Rücken strahlte ruhige Sicherheit und Selbstgewissheit aus – Boris Lwowitsch lutschte einen Bonbon – er hatte ihn, ohne es wahrzunehmen, von der Stewardess bekommen und bemerkte erst jetzt, dass er Druck auf den Ohren verspürte – wahrscheinlich befand sich das Flugzeug im Landeanflug – als es nach rechts kippte, sah Boris Lwowitsch, wie direkt unter ihnen die Stadtviertel vorbeihuschten – Quadrate und Rechtecke aus weißen und grauen Häusern mit Flachdächern, wie das nur an Modellen zu sehen ist, und zwischen ihnen erschienen für ein paar Augenblicke die pfeilgeraden Straßen, dann schwamm spiralförmig der sich nach unten verengende Krater des Stadions vorbei, danach tauchten wieder kurz die Stadtviertel auf wie auf einem Modell, immer schneller und schneller, wurden mit katastrophaler Geschwindigkeit größer und größer, so dass man die Straßenbahnen und sogar die Umrisse von Menschen erkennen konnte – es kam einem vor, als würde das Flugzeug es nicht bis zum Flugplatz schaffen und in die Wohnmassive stürzen – Boris Lwowitschs Herz sank zusammen mit dem Flugzeug in die Tiefe, der ganze Körper war wie mit Blei gefüllt, er klammerte sich mit den Händen am Sitz fest wie an einem letzten, unter ihm wegrutschenden Halt, seine Ohren waren zu, und um sich zu vergewissern, dass der Motor nicht kaputt war, schluckte er krampfhaft Speichel, denn den Bonbon hatte er bereits aufgelutscht – das Flugzeug beendete den Sturzflug, die weißgrauen Viertel verschwanden allmählich irgendwo seitwärts und nach oben – das Flugzeug legte sich auf den anderen Flügel, und anstelle der eben noch vorbeihuschenden Quadrate sah Boris Lwowitsch vor dem Hintergrund des Himmels zwei schneebedeckte Konusse – einen nahen, höheren und einen anderen, weiter entfernt und kleiner – das Flugzeug ging runter, drehte wahrscheinlich seine letzte Runde vor der Landung – »Sagen Sie bitte, was ist das für ein Berg?«, fragte er den jungen langhaarigen Mann im Glitzeranzug und beugte sich dicht an dessen Ohr, weil seine dienstliche Aufgabe sicherlich schon erfüllt war und Boris Lwowitsch außerdem immer mehr Vertrauen zu ihm fasste – wahrscheinlich flog er zurück nach Hause nach einer in einer Stadt am Meer verbrachten Nacht. »Das ist der Ararat«, antwortete er und würdigte Boris Lwowitsch kaum einer Drehung des Kopfes. »Tanja, der Ararat!«, schrie er seiner Frau zu, die aber saß, an die Sitzlehne gedrückt, mit geschlossenen Augen und Märtyrermiene da, als habe die Operation bereits begonnen und sie sei auf das Schlimmste gefasst. »Wissen Sie, ob es Touren dorthin gibt?«, fragte er wieder den jungen Mann und beugte sich vor, als wolle er seinen Kopf auf dessen Schulter legen. »Der Ararat ist in der Türkei«, antwortete dieser, und jetzt machte er keinerlei Kopfbewegung mehr, sondern zuckte lediglich mit einer Schulter, als wehre er eine lästige Fliege ab. Eine Sekunde lang schämte sich Boris Lwowitsch, dass er solche banalen Dinge nicht gewusst hatte. »Tanja! Die richtige Türkei! Guck mal!«, und er zupfte sie sogar am Ärmel, weil sie immer noch nicht die Augen öffnete und auf das Schlimmste gefasst war, doch als das Flugzeug gelandet war und die Passagiere hinunterstiegen auf das Flugfeld, wo sie irgendwo zwischen dem Flügel des Flugzeugs und seinem Rumpf herumstanden, da sah Boris Lwowitsch ihren Mann aus der vorderen Sitzreihe, den jungen Mann im modischen Anzug aus Glitzerstoff, und Boris Lwowitsch wunderte sich, dass er bei den anderen stand und auf sein Schicksal wartete, so wie sie auch – vielleicht wartete er auf die Gepäckausgabe, er ging sogar mit allen anderen vor zu den wegfahrenden Karren. »Hier ist immer alles verkehrt rum«, sagte er, und da seine Worte von niemandem unterstützt wurden, fiel sein Blick auf Boris Lwowitsch und Tanja, und auf einmal war Boris Lwowitsch klar, dass der junge Mann einfach Georgier war.

II König Davids Narbe

Der Platz neben dem einstöckigen Flughafengebäude war nicht sehr sauber – mitten auf dem Platz eine Rabatte mit verblühten Blumen, auf dem Asphalt Zeitungsfetzen und Zigarettenkippen, etwas weiter weg ein Holzzaun – jemand hatte ihnen übrigens gesagt, es gebe noch einen anderen Flugplatz, den wichtigsten, der für Langstreckenflüge genutzt werde –, sie warteten auf ein Taxi – Boris Lwowitsch entschied, hier müsse der Taxistand sein – an einem eingebuddelten Pfahl mit abgeplatztem Metallschild, auf dem über dem verblichenen Taxizeichen etwas in Buchstaben geschrieben stand, die wie Haarnadeln und Angelhaken aussahen, und an dem ein paar Familien mit Koffern standen – Boris Lwowitsch und Tanja stellten sich ebenfalls in die Schlange, hielten sich aber etwas abseits von den anderen – Boris Lwowitsch prüfte hin und wieder mit dem Fuß, ob die Koffer noch da waren, seine rechte Hand steckte in der Hosentasche und knüllte einen Dreirubelschein in der Faust, als sei es bereits Zeit, den Fahrer zu bezahlen, während er seine Linke immer mal wieder in der Innentasche seines Jacketts vergrub und krampfhaft nach einem viermal zusammengefalteten Papier tastete – der Hotelreservierung, die er in Moskau im zentralen Reisebüro ausgehändigt bekommen hatte –, manchmal schien ihm, er habe sie verloren oder sie sei es nicht, und dann zog er sie aus der Tasche, um sich zu vergewissern, dass sie es war – ein paarmal hielt er die Flugtickets in der Hand, die er nicht mehr benötigte, und dann rutschte ihm das Herz in die Kniekehle – Tanja war von Boris Lwowitsch weg zum anderen Ende des Platzes gegangen und versuchte dort, ein frei gewordenes Taxi abzufangen, die aber drehten eine Runde um die Rabatte und rauschten davon oder fuhren unwillig bei den am Pfahl mit dem Schild Wartenden vor. »Komm her! Das ist doch sinnlos! Hier ist die Schlange!«, schrie er ihr zu, wedelte wütend mit der Hand und berührte mit dem Fuß die Koffer, um sich zu vergewissern, dass sie komplett waren – sie brachte ihn in eine idiotische Lage, und man hätte sich durchaus über sie beschweren können – sie setzten sich ins Taxi, als alle schon weg waren – ein schäbiger Wolga mit verblichenen schwarz-weißen Taxi-Karos hielt genau an dem Pfahl, obwohl außer ihnen niemand mehr da war, so dass sie sogar rennen mussten, damit das Auto nicht wieder wegfuhr – der Fahrer blieb so lange wie angewachsen hinter dem Lenkrad sitzen, bis Boris Lwowitsch ihn bat, den Kofferraum zu öffnen – er stieg gemächlich aus – selbstbewusst, von untersetzter Statur, dunkelhäutig, grauhaarig, mit grauen Augen – wahrscheinlich hatte er hier Haus, Garten, Kinder und vielleicht sogar Enkel – seine Großeltern und Urgroßeltern hatten auch hier gelebt, und sicher konnte er nicht verstehen, warum man von weit weg hierherfuhr und -flog, stundenlang in Hotelhallen herumstand, um ein Zimmer zu bekommen, außerdem war bald Mittagszeit, und diese Ankömmlinge mussten bestimmt in die andere Richtung, nicht in die, wo er wohnte, und das mit dem Kofferraum war auch so eine Marotte, denn ihr ganzer Kram hätte gut und gern auf den Knien dieses Glatzkopfs Platz gehabt, der sich so hektisch aufführte, als käme er zu spät zum Fußball – doch öffnete er schließlich den Kofferraum – da lagen ein kalkverschmiertes Ersatzrad, ein dreckiges Stück Plane, ein paar rostige Werkzeuge – er kam nicht einmal auf die Idee, Boris Lwowitsch und Tanja die Koffer aus der Hand zu nehmen, um sie zu verstauen. »Werden sie nicht schmutzig?«, fragte Boris Lwowitsch und legte die Koffer vorsichtig neben das Rad – Tanja half ihm –, der Fahrer beobachtete sie schweigend, die Händen auf dem Rücken, als hätte er nichts mit ihnen zu tun – Tanja setzte sich mit trüber Miene nach hinten, Boris Lwowitsch neben den Fahrer. »Hotel Artakir«, sagte Boris Lwowitsch und holte zum hundertsten Mal die Quittung hervor, obwohl er den Namen des Hotels schon längst auswendig wusste. »Das ist wohl weit?«, fragte Boris Lwowitsch vorsichtig, der sich bereits in Moskau informiert hatte, dass sich das Hotel irgendwo im Zentrum befand. »Artakir. Kein Problem, da fahren wir hin«, sagte der Fahrer versöhnlich und mit starkem armenischem Akzent – wahrscheinlich lag es auf dem Weg zu ihm nach Hause, oder die Entfernung kam ihm möglicherweise gelegen – sie fuhren auf eine Chaussee oder Landstraße – zu beiden Seiten standen unscheinbare Steinhäuser, manchmal mit halb verfallenen Umzäunungen aus Fliesen oder Schottersteinen –, dann kamen schon richtige Straßen mit vier- und fünfstöckigen Plattenbauten, weißen und grauen – die waren es sicher, die Boris Lwowitsch vom

Flugzeug aus gesehen hatte. »Und Sie, wo kommen Sie her?«, interessierte sich der Fahrer. »Aus Moskau«, sagte Boris Lwowitsch, aber aus irgendeinem Grund hatte er dabei nicht das übliche Gefühl von Überlegenheit gegenüber dem Mann aus der Provinz wie sonst immer, wenn er irgendwo im Urlaub oder auf Dienstreise war. »Ich war in Moskau, einmal war ich dort«, der Fahrer sprach bedächtig, mit Pausen zwischen den Worten, so als würde er Geld abzählen – beim Wort »einmal« nahm er kurz die Hand vom Lenkrad und hielt seinen behaarten dicken Zeigefinger in die Höhe, als habe er kein sonderliches Vertrauen in die geistigen Fähigkeiten des neben ihm sitzenden Fahrgastes – stämmig und braun gebrannt war er, wie mit seinem Sitz verwachsen, so wie er wahrscheinlich auch mit seiner Erde und seinem Volk verwachsen war, und Boris Lwowitsch verstand: sowohl seine Handbewegung als auch seine Worte und die, die er noch sagen wollte, alles war vorher zurechtgelegt und sicher nicht zum ersten Mal gesagt, und er, Boris Lwowitsch, war für ihn lediglich ein Anlass, um zu sagen, was er dachte – »einmal«, wie er mit seinem armenischen Akzent wiederholte und nochmals seinen kurzen behaarten Finger hob. »Ist nicht gut dort«, sagte er und seufzte tief, als bekümmere es ihn sehr, dass es in Moskau nicht gut sei. »Zwei Leute wollen trinken, ja?«, und er zeigte Boris Lwowitsch zwei Finger, den Zeige- und den Mittelfinger, der ebenfalls behaart war,

»sie suchen sich einen Dritten« – Zeigefinger, Mittelfinger und Daumen –, seinen Ringfinger konnte er wahrscheinlich schwer strecken, außerdem hielt er das Lenkrad mit Ringfinger und kleinem Finger. »Ich habe einen Freund, einen Bruder, ja? Wozu brauche ich einen Fremden? Ich lade meinen Freund zu mir nach Hause ein, stelle Wein auf den Tisch, was zum Essen, ja? Wozu brauche ich einen Fremden?« Und nach einer kleinen Pause setzte er hinzu: »Radaubrüder gibt es dort viele. Du läufst die Straße lang und hast Angst, dass dir jemand eine reinhaut, ich war mit dem Auto dort, dich hält ein Milizionär an, da kriegst du auch Angst ...« Sie fuhren auf eine Brücke, unter der sich tief unten ein schmales Bächlein in der Sonne kräuselte – wahrscheinlich ein Bergflüsschen, das auf dem Grund einer Schlucht entlangfloss –, die Stadt lag oben, und an den felsigen Hängen, die zum Flüsschen hinunterführten, duckten sich kleine Häuser, die wie aus dem Felsen herausgehauen zu sein schienen, noch weiter unten sah man die steil abfallenden Reste einer Mauer – wahrscheinlich die Überbleibsel eines Festungswalls. »Ist das die Altstadt?«, fragte Boris Lwowitsch, weil sie die ganze Zeit an neuen Häusern vorbeifuhren, er aber endlich etwas Altes sehen wollte. Der Fahrer warf wie nebenbei einen flüchtigen Blick auf die kleinen Häuser und die Mauer, als wäre das Kleinkram und nicht der Rede wert, und dann würdigte er Boris Lwowitsch eines genauso flüchtigen Blicks, als würde er überlegen, ob es sich lohne, diesem Mann gegenüber aufrichtig zu sein. »Die sind noch auf allen vieren gekrochen, da hatten wir schon unsere Kultur«, sagte er nach einer kleinen Pause, und Boris Lwowitsch konnte sich nicht entscheiden, ob er jetzt beleidigt sein müsse oder nicht, aber in Gedanken stellte er sich die Stämme der Skythen oder Polowetzer vor, die durch die endlosen Weiten zogen – sie steigen von ihren Pferden, setzen sich rund um das Feuer, auf ihren Gesichtern mit den breiten Wangenknochen spielt der Widerschein der Flammen, und im Feuer brät ein Mammut oder irgendein anderes vorsintflutliches Tier – sie zerreißen mit ihren Händen die Fleischstücke, die Kettenhemden der Krieger, die Boris Lwowitsch im Historischen Museum gesehen hatte, klirren – das Fett trieft von ihren Händen und vom Kinn, während hinter den Klostermauern des kleinen steinigen Landes, über dessen Erde er jetzt fuhr, Dutzende Philosophen und Dichter auf der Suche nach Lebensweisheit und Wahrheit über dicken Folianten sitzen oder schreiben, ihre gespitzten Adlerfedern in Granatapfelwein tauchen, spärliches Licht aus den schmalen Schlitzen des steinernen Gewölbes und bei Nacht der Schein einer im Wind flackernden Kerze auf ihre Gesichter und Finger fällt und zur gleichen Zeit neben der Klostermauer ein entfernter Vorfahre des Fahrers seine Parzelle unfruchtbarer, steiniger Erde bestellt – er ist ebenso gedrungen und stämmig wie sein Nachfahre, und um ihn herum sind ebenso dunkelhäutige, lärmende Kinder und Enkel, aber was war dieses Volk, verglichen mit dem Volk, zu dem er, Boris Lwowitsch, und Tanja gehörten, obwohl sie mit ihren breiten Wangenknochen durchaus als von den Skythen oder gar den Tataren abstammend durchgehen könnte, er aber hatte nicht nur ein typisches Gesicht, sondern eine irgendwie seltsame Narbe hinter dem Ohr und am Hals, die er erst als Erwachsener bekommen hatte, als hätte er sich diese Stelle wund gelegen – diese Narbe sah wie die Narbe von einem Säbelhieb aus, und jemand hatte ihm gesagt, es sei ein Zeichen der Zugehörigkeit zum Geschlecht des Königs David – was war dieses Volk, verglichen mit seinem, Boris Lwowitschs, Volk? Als die Urahnen des Fahrers in der steinigen Erde buddelten und die Mönche ihre Kirchenbücher voller Lebensweisheiten kritzelten, war sein Volk bereits in der Diaspora, denn es hatte schon längst sowohl die Weisheit als auch die Wahrheit erkannt, und in seiner Vorstellung sah Boris Lwowitsch die muskulösen, graubärtigen weisen Männer in ihren Chitonen vor sich, tief in Gedanken und Trauer versunken, auf einem Stein sitzen, den Kopf mit der Hand stützend – ihr Alter war schwer zu schätzen – vielleicht achtzig Jahre, vielleicht auch sechshundert, und diese weisen Männer, mächtigen tausendjährigen Bäumen gleich, waren niemand anders als die biblischen Propheten oder Patriarchen – von Tempel zu Tempel, von Jahrhundert zu Jahrhundert wurden Pergamentrollen überliefert – die Frucht ihrer leidvollen Überlegungen –, Städte brannten, Tempel wurden zerstört – die schwarzbärtigen schlanken Menschen in Sandalen, eingehüllt in hellblau-goldene Mäntel, schwarz von Feuer und Rauch, dem Josephus Flavius ähnlich, holten diese braunen Rollen aus Feuer und Trümmern, versteckten sie unter ihren Mänteln, links an der Brust, und liefen von einem brennenden Gebäude zum andern unter dem Hagel von Pfeilen mit vergifteten Spitzen, die fremde Eindringlinge abschossen – sprangen aufs Pferd, duckten sich unter den Wolken steinigen grauen Staubs, und in den über der schäumenden Kruppe des Pferdes wehenden schwarz-blauen Mänteln stoben sie im Licht der untergehenden Sonne oder im Widerschein des Brandes davon, und ihnen nach flogen die vergifteten Pfeile – die schwarzbärtigen Alten saßen auf dem Steinboden der Tempel, hatten die geretteten Rollen vor sich ausgebreitet und wiegten sich im Rhythmus vor und zurück, genauso wie er, Boris Lwowitsch, sich hin- und herwiegte, wenn er in seinem Sessel am Tisch saß und nicht das richtige Wort fand, das ihm gestatten würde, einen triumphierend-hochmütigen Blick in den Sitzungssaal zu werfen, oder wenn ihm schien, er würde ernsthaft krank, und zu ebendiesem Volk gehörte der merkwürdige Mann, der im Tempel gepredigt hatte, der Mann mit den eingefallenen Augen eines Märtyrers, dem sengenden Blick und den weißen Fingern, die gelenkiger waren als die eines Pianisten – jetzt hängt er bereits am hölzernen Kreuz, das wie eine Fernsehantenne aussieht – sein Körper hängt kraftlos herab, die dünnen Hände an seinen ausgebreiteten Armen sind an den Querbalken genagelt und die schmalen Füße an den vertikalen Pfahl – seine Beine sind bis aufs Äußerste gestreckt, als mache er eine Turnübung oder versuche auf Zehenspitzen zu stehen, aber die blutigen Rinnsale, die seinen Körper hinunterlaufen, sind irgendwie unnatürlich – sie sehen eher wie Farbe oder Lack aus –, und man versteht nicht, wie kann sich sein Körper dennoch halten? –, auf seiner Brust zeichnen sich die Rippen ab, weil sein Bauch tief eingesunken ist, wie bei einem Sportler, der tief Luft holt, bevor er ins Wasser springt, aber unterhalb der Rippen, rechts, hat er eine tiefe Wunde, und aus der fließt ebenfalls grellrotes Lackblut, der Kopf hängt kraftlos auf der Brust, um seine tief eingefallenen Augen haben sich schwarze Ringe gebildet, und um ihn herum kreisen schon Bremsen und Fliegen –, die körperlosen weisen Männer in ihren langen Gewändern, mit dem Stab in der einen und der Heiligen Schrift in der anderen Hand, seine Stammesbrüder und Schüler, ziehen über viele staubige Wege – um ihre Häupter ein goldener Schein, aber ihre Gesichter sind leidenschaftslos – alle Kirchen und Klöster bestreiten das Recht, den Namen eines dieser weisen Alten zu tragen und schon gar nicht den Namen dieses merkwürdigen Mannes, diese hohe Ehre stünde ihnen nicht zu, und die alten Dichter und Philosophen des Landes, über dessen Erde er jetzt fuhr, blätterten ehrfürchtig in den dicken Folianten mit dem schweren Silberkreuz auf dem Deckel, und Historiker auf Symposien mit Mikrofonen und Simultanübersetzung diskutierten die Frage, in welchem Jahr Byzanz das Christentum angenommen hatte, und ein von finsteren Visionen verfolgter, durch die nebligen Straßen von Petersburg irrender verbitterter Mann mit hoher Stirn, der einen krankhaften Hass auf Menschen empfand, die gleicher Abstammung waren wie er, Boris Lwowitsch – den beinahe standesimmanenten Hass eines Lakaien gegenüber seinesgleichen –, dieser Mann wagte es nicht einmal, den Prediger im Tempel beim Namen zu nennen, er sprach von ihm nur mit dem großgeschriebenen Wort »Er«, und wenn er sich in seinen hitzigen Überlegungen und Prophetien hinreißen ließ, wandte er sich hin und wieder den Texten der Pergamentrollen zu, die die schwarzbärtigen Männer aus dem Feuer geholt hatten, und alte Frauen und alte Männer bekreuzigten sich gähnend, und der schwarze Fußballer, Ersatzspieler einer lateinamerikanischen Nationalmannschaft, schlug, bevor er das Feld betrat, schnell noch ein Kreuz, und kleine Kreuzchen an goldenen Kettchen glänzten auf einer behaarten Brust oder im Halsausschnitt von jungen Männern, die am Ende eines Sommersonntags ins Geschäft liefen, um es vor Ladenschluss noch in die Spirituosenabteilung zu schaffen, und ebensolche Kreuzchen, nur eleganter und an noch eleganterer Kette, trugen junge Frauen – die Kette war kurz und lag eng an dem langen, leicht gebogenen Hals, und das Kreuzchen saß etwas unterhalb der Rundung, die durch die Schilddrüse verursacht wird und dem weiblichen Hals diese Schwanenform gibt, so als behindere dieses Kreuzchen sie beim Schlucken –, genauso wie die jungen Männer nahmen sie keinerlei Notiz von Boris Lwowitsch, der stehen blieb und ihnen lange nachschaute, und ebensolche Kreuze, nur sehr große – wahrscheinlich so hoch wie zwei oder drei Menschen – glänzten auf den Kuppeln der Kirchen und Dome – sie waren so blank geputzt, dass es in den Augen wehtat und man meinte, die Kratzer vom Sand zu sehen, mit dem man sie gerieben hatte, um diesen Glanz zu erzeugen, und das vergoldete Kuppeldach war ebenso blank geputzt, dass es in den Augen wehtat, und unnatürlich weiß blendeten die Türme und Glockentürme der Kirchen, die immer mal wieder neu geweißt und restauriert wurden, und wenn er eine Kirche betrat und sich vorsichtig in eine seitliche Vorhalle schlich, um nicht bemerkt zu werden, spürte Boris Lwowitsch die unfreundlichen Blicke der Anwesenden – lautlos, nur mit den Lippen sprachen sie dem Geistlichen die Worte aus der Predigt nach, die vor zweitausend Jahren der merkwürdige Mann mit den eingefallenen Augen eines Märtyrers im Tempel gesprochen hatte – diese

Sprache hatten die fernen Vorfahren Boris Lwowitschs gesprochen, während der Geistliche Russisch oder allenfalls Kirchenslawisch sprach, und Boris Lwowitsch verstand alles oder fast alles, was der Geistliche sagte, und die, die dem Geistlichen nachsprachen, verstanden es ebenso wie Boris Lwowitsch. Aber warum hatten sie alle, die Betenden in der Kirche, der Geistliche, die jungen Männer und Frauen mit den goldenen Kreuzchen um den Hals, die keine Notiz von Boris Lwowitsch nahmen, der schwarze Fußballer aus der lateinamerikanischen Nationalmannschaft und der Mann mit der hohen Stirn, der die Stammesgenossen Boris Lwowitschs krankhaft hasste, die Historiker, die über das Problem der Entstehung des frühen Christentums diskutierten, der schlaflose Mönch, der Dichter und Philosoph des Landes, über dessen Erde Boris Lwowitsch jetzt fuhr –, warum hatten sie alle vergessen, wer dieser merkwürdige Mann war, der im Tempel gepredigt hatte, und wer diese mächtigen und alten Weisen, die in leidvollem Nachdenken auf dem Stein gesessen oder ihre Hände gen Himmel gerungen hatten, und wer diese gelenkigen schwarzbärtigen Männer, die die Pergamentrollen aus dem Feuer geholt hatten, auf deren Texte sich der Mann berief, der im Tempel gepredigt hatte, und wer die körperlosen alten Weisen mit dem Heiligenschein um den Kopf und dem Stab in der Hand? Sie alle hatten vergessen oder hatten all das nicht gewusst oder wollten es nicht wissen und wussten nur, dass der Mann mit den eingefallenen Augen eines Märtyrers von einem seiner Schüler verraten worden war, aber wo, zu welcher Zeit, in welchem Land und unter welchen Völkern gab es keine Menschen, die andere an die Herrschenden verrieten, gab es keine dumpfen, gleichgültigen oder rasenden Massen – den Pöbel? Und Boris Lwowitsch verbarg sein Gesicht, und als der Krieg ausbrach, war er froh, von Moskau weg in den Süden zu reisen und sich mit den ihm fremden, aber ebenso dunkelhäutigen und schwarzhaarigen Menschen zu vermischen, die ihren unverständlichen Beschäftigungen nachgingen, tagelang auf einem Fleck an der Mole standen, an ihrem Rosenkranz aus Bernstein fingerten oder sich zu nächtlichen Vergnügungen verabredeten, aber diese Leute waren bereits Vergangenheit, und Tanja und er zogen noch weiter nach Süden, und jetzt fuhren sie beide durch diese südlichste Stadt, und neben ihnen saß der Fahrer, ein stämmiger, dunkelhäutiger Mann mit den krummen Beinen eines Kavalleristen, als habe er sein Leben im Sattel verbracht, mit kurzen behaarten Fingern, in nichts Boris Lwowitsch ähnlich, genauso wie jene Leute, die an der Mole gestanden und ihre Rosenkränze befingert hatten. »Jetzt kommen wir am Stadion vorbei«, sagte er mit seinem armenischen Akzent, als kämen sie gleich zum Kilimandscharo oder zu den Niagara-Fällen. »Das größte in Europa«, setzte er hinzu und hob den Zeigefinger seiner rechten

Hand, als beziehe sich das nicht nur auf Europa, sondern auf den gesamten kosmischen Raum. »Ich hab es schon vom Flugzeug aus gesehen«, sagte Boris Lwowitsch trocken, wobei er sich bemühte, sich dem Fahrer so zuzuwenden, dass der die Narbe an seinem Hals sah. Sie fuhren am Stadion vorbei und bogen auf die Straße ab, die den unteren Teil der Stadt mit dem oberen verband, mit Norartakir, aber das wusste Boris Lwowitsch damals noch nicht – die heiße, nach oben führende Straße, über die in endlosem Strom die Autos rasten und in der Mitte die Straßenbahnen ratterten, säumten Häuser aus Platten, die aus einem Stein bestanden, der wohl farbiger Kalktuff hieß, aber Boris Lwowitsch war sich nicht sicher. »Tanja, sieh mal, farbiger Kalktuff«, sagte er zu seiner Frau, die mit trüber Miene dasaß. »Eine finstere Stadt«, sagte sie, »das hab ich gleich begriffen.« Boris Lwowitsch wollte ihr etwas entgegnen und überlegte, was er sagen könne, begriff aber auf einmal, dass sie recht hatte, dass die Stadt tatsächlich finster war und dass er das auch von Anfang an gefühlt, nur nicht das passende Wort gefunden hatte, und es gab auch keinen farbigen Kalktuff – es war einfach grauer Stein wie überall, und später in Moskau erzählte er, dass das mit dem farbigen Tuff nicht stimmte – er fingerte schon wieder in der Innentasche seines Jacketts nach der viermal zusammengefalteten Quittung, der Hotelreservierung, erwischte stattdessen mal die Flugtickets, mal einen Zehnrubelschein, weshalb sein Herz erneut in die Kniekehlen rutschte – sie fuhren noch ein Stück die Straße entlang, die nicht enden wollte und weiter nach oben führte, und bogen in eine Nebenstraße ein. »Wir sind da«, der Fahrer stieg gemächlich aus dem Auto und öffnete unwirsch den Kofferraum, als sei es ihm egal, ob die Fahrgäste ihre Sachen mitnahmen oder nicht. Boris Lwowitsch und Tanja verhedderten sich in ihren Gepäckstücken, schubsten einander, stolperten in die Hotelhalle und befürchteten, kein Zimmer mehr zu bekommen oder abgewiesen zu werden, und was sollten sie dann in dieser fremden, heißen Stadt anfangen? In einer entfernten Ecke saß ein hagerer, korrekt aussehender Mann mit Schnurrbart und Krawatte hinter einem polierten Holztresen – Boris Lwowitsch streckte ihm mit zitternden Händen das Papier hin – »Wie lange werden Sie hier bleiben?«, fragte der korrekt aussehende Mann, ohne von seinem Platz aufzustehen und mit einem Blick irgendwohin zur Seite, er sprach mit so ungeheuer starkem Akzent, dass es Boris Lwowitsch für einen Moment vorkam, als wolle ihn der Mann mit der Frage veralbern. »Da steht alles drauf«, sagte er und wies mit dem Kopf auf das Papier, denn das war in Moskau ausgestellt, schließlich waren sie hier verpflichtet, sich dem Zentrum unterzuordnen, und das Geld war für sechs Tage im Voraus bezahlt, und Boris Lwowitsch begann ungeduldig und etwas aufmüpfig mit den Fingern auf den

Tresen zu trommeln, doch der korrekt aussehende Mann sah Boris Lwowitsch immer noch nicht an, schob ihm Formulare zum Ausfüllen hin – sein akkurater schwarzer Schnurrbart hing ein wenig herab, und er trug einen dunklen Anzug mit Krawatte, aber in der Halle war es halb dunkel und kühl, und das war seine Arbeit, er war sicher die Hitze gewohnt, und deshalb war es nicht verwunderlich, dass er einen Anzug trug, noch dazu einen dunklen, außerdem war er hager, während Boris Lwowitsch die ganze Zeit schwitzte, besonders wenn er sich aufregte, und sein Hemd klebte am Körper, und von seiner Stirn tropfte Schweiß auf die Formulare, als er sie ausfüllte – in die Rubrik Beruf schrieb er Dozent, obwohl er promoviert war, aber Dozent war verständlich und klang besser – der Mann an der Rezeption nahm ihre Pässe an sich und sah weiterhin weder Boris Lwowitsch noch die Formulare an, die Boris Lwowitsch vor ihn hingelegt hatte. »Dritte Etage, Zimmer dreihundertsechs«, sagte der Mann an der Rezeption, Gott sei Dank ergab die Quersumme der Zahlen keine Dreizehn, denn wenn man die dritte Etage dazuaddieren würde, käme Zwölf raus, die Zahl vor Dreizehn, da könnte etwas Unangenehmes bevorstehen, aber Boris Lwowitsch spürte plötzlich eine wundersame Beruhigung und Leichtigkeit in sich – er hielt eigentlich schon den Zimmerschlüssel in der Hand, gleich zöge er sich um und duschte, während Tanja die Sachen auspackte, und dann gingen sie Mittag essen und sähen sich die Stadt an – sie stiegen die Treppe hoch, beladen mit ihren Sachen, kurzatmig wegen der steilen Stufen und der sie plötzlich ergreifenden Freude, »Richtig wie im Westen!«, sagte Boris Lwowitsch und schritt über den weichen Läufer, der auf den Stufen lag. »Hast du mitgekriegt, dass er Türke ist?«, sagte Tanja, aber Boris Lwowitsch verstand nicht gleich, wen sie meinte. »Ein waschechter Türke«, beharrte sie, »war mir sofort klar«, und Boris Lwowitsch begriff plötzlich, dass dieser korrekt aussehende Mann an der Rezeption mit dem herabhängenden schwarzen Schnurrbart tatsächlich ein Türke war – wieso hatte er das nicht gleich bemerkt? – und ihm schien sogar, dass der Mann an der Rezeption einen Fez auf dem Kopf gehabt hatte.

III Gott mit Uns

Morgens, wenn der Asphalt auf der schattigen Straße am Hotel und der Boden auf dem Platz gegenüber noch feucht waren, von dem Regen in der Nacht oder weil gesprengt worden war, zogen Boris Lwowitsch und Tanja zur Straßenbahn- oder Trolleybushaltestelle – der Fahrer schaltete den Motor nicht ab, sondern bremste nur an den Haltestellen und ließ dann die Bremse wieder los – sie hatten sich auf eine Bank am offenen Fenster gesetzt und spürten eine seltsame Leichtigkeit von dieser Abwärtsbewegung im noch nicht aufgeheizten Fahrzeug, allmählich jedoch füllte sich der Bus mit Leuten, die endlose Straße, die den oberen Teil der Stadt mit dem unteren verband, drehte sich wie eine Spirale und wand sich in Richtung Zentrum, so wie der Trichter des Stadions, das Boris Lwowitsch vom Flugzeug aus gesehen hatte, und jetzt schien ihm, die ganze Stadt gliche einem großen Trichter – die Leute standen dicht gedrängt wie eine Mauer, wechselten miteinander Worte oder Sätze, die aus kehligen Lauten bestanden, und Boris Lwowitsch kam es vor, als täten sie das absichtlich, um vor ihm den wahren Sinn dessen, worüber sie sprachen, zu verbergen oder um ihn zu ärgern – hinter einem hohen gemusterten, schmiedeeisernen Zaun sah man silbrige Tannen, sandbestreute Wege und Beete mit roten Blüten, der Fahrer musste den Motor anwerfen, weil das Gefälle aufhörte und es nicht leicht war, eine Straßenbahn oder einen Trolleybus voller Leute von der Stelle zu bekommen – bis zum Zentrum war es nicht mehr weit –, hinten im Park, zwischen den silbrigen Tannen und irgendwelchen anderen unbekannten Bäumen, sicherlich Zierbäumen, sah man ein schwergewichtig-leichtes weißes Gebäude mit spiegelnden Fenstern und Säulen, und auf den stillen Alleen tauchten manchmal geschäftig laufende Menschen auf in dunklen Anzügen und mit schwarzen Mappen in der Hand – hier saßen die örtlichen Machtorgane –, die Vorgesetzten, in Einzelzimmern mit Telefonen und Sekretärinnen, waren genauso dunkelhäutige und stämmige Menschen wie die, die mit Boris Lwowitsch und Tanja in einem Bus fuhren, sie sprachen wahrscheinlich mit den gleichen kehligen Lauten, und in diesen Minuten wollte Boris Lwowitsch in dieser Stadt leben und arbeiten, in dieser unverständlichen Sprache sprechen und in das weiße Gebäude gehen, das sich hinter den Zierbäumen und silbrigen Tannen verbarg, in das Zimmer eines stämmigen dunkelhäutigen Mannes mit den Beinen eines Kavalleristen treten, der dem Taxifahrer ähnelte, der sie ins Hotel gefahren hatte, nur dass dieser hier einen schwarzen Anzug trug und vor und zurück über das gewienerte Parkett ging – er wollte in dessen Arbeitszimmer treten, einen festen, fast freundschaftlichen Händedruck mit ihm tauschen, sich auf das liebenswürdige Kopfnicken des Hausherrn hin in einen Sessel setzen, der für die halb offizielle Unterhaltung ein wenig vom Tisch abgerückt war –, nach dem schmiedeeisernen Zaun mussten sie aufstehen, um es bis zum Ausstieg zu schaffen – Boris Lwowitsch kämpfte den Weg frei und schirmte dabei Tanja ab, weil sie es nicht ausstehen konnte, wenn jemand sie berührte – sie hatte deshalb Boris Lwowitsch Vorwürfe gemacht, aber er konnte sich nicht erinnern, was sie mehr kränkte, wenn er vor ihr oder hinter ihr ging, ihm schien vor oder hinter ihr gleich kränkend, deshalb ging er mal dicht vor ihr, mal dicht hinter ihr, sah ihr besorgt ins Gesicht, von dem weder in dem einen noch in dem anderen Fall der Ausdruck von Befremden und Ekel wich, so dass sich Boris Lwowitsch ständig schuldig fühlte, weil er sich nicht auf den Beleidiger gestürzt hatte. »Steigen Sie an der nächsten Haltestelle aus?«, fragte er, spielte dabei intelligent mit der Stimme und bemühte sich um einen Moskauer Tonfall, aber niemand antwortete ihm, sie traten einfach nur zur Seite und rückten enger zusammen, anstatt mit eiliger Bereitschaft etwas zu erwidern. »Ja, ja, natürlich«, wie es Boris Lwowitsch in Moskau tat, wenn man ihn fragte, ob er aussteige. »Kulturlos«, sagte Tanja, als sie ausstiegen, in Moskau sagte sie das Gleiche, wenn sie verschwitzt aus der Bahn oder dem Bus raus waren, und Boris Lwowitsch sagte ebenfalls »kulturlos«, obwohl er sich im tiefsten Innern gestattete, bei seiner eigenen Meinung zu bleiben, was die Leute betraf, die in der Bahn oder dem Bus fuhren, oder was Tanja betraf –, hier aber konnte er sich durchaus erlauben, jemanden mit der Schulter zu stoßen, weil um ihn herum fast alle genauso aussahen wie er selbst, sie hatten sogar noch schwärzere Haare und waren außerdem dunkelhäutig, aber niemand bemerkte diese Ähnlichkeit – man gab ihm einfach den Weg frei, und nur einmal hatte ihn jemand von hinten etwas in seiner unverständlichen Mundart gefragt. Ja, ja ich steige aus, hatte Boris Lwowitsch bereitwillig genickt, sich so mit Haut und Haar verraten und gleichzeitig die Überlegenheit des Hauptstädters gegenüber dem Provinzler gefühlt, aber dahinten hatten alle bereits verstanden und es dem Fragenden erklärt und dann irgendein Problem beredet –, Boris Lwowitsch fühlte sich, als befände er sich ganz am Rand des Meeres, plansche im seichten Wasser, und fernab bis ganz zum Horizont und dahinter wölbt sich das blaue Meer, und auf dieser Wölbung halten sich auf unbegreifliche Weise Schiffe, und man könnte Angst bekommen allein bei dem Gedanken, wie tief es dort ist, und er, Boris Lwowitsch, hockt hier, bietet seinen Rücken der Welle dar, und wenn sie auf ihn zukommt, fängt er an, mit den Armen zu rudern, und tut so, als schwimme er. »Eine scheußliche Stadt«, sagte Tanja, wenn sie aus dem Bus oder der Straßenbahn stiegen und zum Reisebüro oder zur Post gingen – Boris Lwowitsch wandte sich hin und wieder an Passanten, um Auskünfte einzuholen – die suchten mühsam nach Worten, sagten etwas und wiesen mit dem Finger erst in die eine, dann in die entgegengesetzte Richtung, Tanja aber trat mit distanzierter Miene zur Seite, als kenne sie Boris Lwowitsch gar nicht, und breitete den Stadtplan aus – »Pfeif auf die Karte! Hör lieber, was die Leute sagen!«, schric Boris Lwowitsch ohne große Hoffnung, dass sie ihn verstehe, und voller Furcht, dass sie gleich von jemandem gestoßen oder angerempelt würde und er sich schuldig oder sogar entehrt fühlen würde –, sie schlenderten durch heiße Straßen mit hohen Häusern, die von oben bis unten mit

Wäsche vollgehängt waren, als wollten sich die Bewohner vor der sengenden Sonne schützen, an einer Kreuzung dreier Straßen quietschten Straßenbahnen um die Kurve, in der Kaufhalle, die die ganze unterste Etage eines langen Gebäudes einnahm, roch es nach Kaffee und abgehangenem Fleisch, die hiesigen Einwohner wechselten ein paar Worte mit den Verkäufern wie mit alten Bekannten, wahrscheinlich wollten sie herausbekommen, wann irgendeine Mangelware angeliefert würde, vielleicht besprachen sie auch die neuesten Fußballergebnisse oder die Krankheit ihrer Cousine, eine dicke Kassiererin mit schweißglänzendem Gesicht und riesigen Ohrgehängen brüllte eine Roma an, die ebenfalls Ohrringe trug, nur sahen die wie Geldstücke aus – und die Roma brüllte etwas zurück, vielleicht war es auch umgekehrt –, für den Bruchteil einer Sekunde kam sich Boris Lwowitsch fast wie ein Arier vor, doch die Kassiererin und die Roma hörten urplötzlich auf, sich zu beschimpfen, und unterhielten sich bereits wie Busenfreundinnen –, sie gingen jedes Mal zu diesem langen Gebäude mit der Kaufhalle, während Post und Reisebüro etwas abseits zurückblieben – Tanja studierte die Schilder mit den Straßennamen – die meisten bestanden aus Haarnadeln und Angelhaken – Tanja breitete die Karte aus, Boris Lwowitsch hielt die Vorübergehenden an, und die zeigten ihm etwas mit den Händen, wie einem Taubstummen, und er antwortete ihnen ebenfalls mit Gesten und lautem Reden, als wären auch sie taub, und manchmal kam ein Wind auf und knisterte mit den Resten von Zeitungspapier über den Asphalt – »Eine scheußliche Stadt«, sagte Tanja, als sie neben ihm ging. »Sie verstehen das doch nicht«, Boris Lwowitsch versuchte eine Rechtfertigung. »Egal«, sagte Tanja seltsam verbiestert, »das, was sie brauchen, verstehen sie sehr wohl« –, und Boris Lwowitsch versuchte sich an eine entsprechende Episode zu erinnern, aber ihm fiel keine ein. »Linguistische Leere«, sagte Tanja plötzlich und wiederholte die Worte, die sie kürzlich in einem Brief von hier gelesen hatten, und ihr Gesicht nahm einen nachdenklichen und sogar poetischen Ausdruck an, als zitiere sie Puschkin, den sie seit der Schulzeit gut kannte. »Und so ist es *dort*, kannst du dir das vorstellen?«, sagte sie fast flüsternd und kniff ihre ohnehin tatarischen Schlitzaugen zusammen, als sehe sie in der weiten Ferne ein Bild vor sich. »Nein, sag, was du willst, aber mein altes Moskau ist mir lieb, ach, verdammt noch mal!«, setzte sie hinzu, als wolle sie gleich lostanzen, und in solchen Minuten blitzte in ihrer fülligen Figur und in ihrem helläugigen Gesicht mit den breiten Wangenknochen etwas von den alten Kaufleuten auf – Hände in die Seiten und tanz, ach was! Soll doch alles zur Hölle gehen! – in solchen Minuten glaubte selbst Boris Lwowitsch, dass sie von den Skythen abstammte, und diese ihre Scheingenealogie übertrug sich sogar auf ihn – wenn er mit ihr zusammen eine Kirche betrat, wehrte er würdevoll und sogar missbilligend die feindseligen Blicke ab, die ihn begleiteten, und genauso fühlte er sich, wenn er mit ihr zusammen im öffentlichen Nahverkehr oder in einem Laden war –, schließlich kamen sie da raus, wo sich das Reisebüro oder die Post oder die Kassen für die Flugtickets befanden, dann fuhren sie, sich eine Sehenswürdigkeit anschauen – Tanja hielt sich abseits und konzentrierte sich auf eine Touristenkarte oder auf den Reiseleiter, und Boris Lwowitsch stolperte mit zwei Fotoapparaten in den Händen, einem für Farbfilm, dem anderen für Schwarz-Weiß, über die Ruinen einer Festung, rannte zwischen Tanja und den Teilnehmern der Exkursion hin und her, die sich um den Reiseleiter drängten – bei Tanja in der Tasche waren die Ersatzobjektive, und außerdem wollte er, dass sie dem Reiseleiter zuhörte, weil sie sich solche Dinge gut merkte – der Reiseleiter, ein junger schlanker Bursche mit dunklem Gesicht, war wahrscheinlich noch ein Neuling und redete mit viel Begeisterung – er legte die Finger seiner rechten Hand so zusammen, als wolle er eine Prise Salz oder Pfeffer streuen, dann schwang er seine Hand in dieser Stellung nach oben, zum Himmel, und das Weiße in seinen Augen wurde gelb wie bei einem Roma – er erzählte, wie die Reitertrupps seines Volkes, angeführt von einem seiner Könige, selbst die Römer kurz und klein geschlagen hatten – die verwegenen Reiter pressten ihre krummen Beine in den Bauch des Pferdes, als wollten sie ihn durchbohren, stürmten die Via Appia entlang, duckten sich tief nach unten und durchschnitten mit ihren Krummsäbeln die Luft, und mit ihnen stürmte ein dunkelhäutiger, schlanker Krieger mit gelblichem Weiß in den Augen voran – mit der einen Hand zog er den Säbel aus der Scheide, die andere Hand schwang er weit nach oben, in den Himmel, und dabei hatte er die Finger so zusammengelegt, als streue er eine Prise Salz oder Pfeffer – wahrscheinlich war das eine kriegerische Geste, und die anderen Reiter folgten seinem Beispiel, und schon drangen die armenischen Reitertrupps, in Staub gehüllt und alles auf ihrem Weg beiseitefegend, in die Altstadt ein und ergossen sich über ihre Straßen und wälzten sich durch den weißen Triumphbogen, der zu Ehren des Sieges über Boris Lwowitschs Vorfahren errichtet worden war – durch diesen Bogen war im Zug der Schande schweigend und mit gesenktem Kopf Josephus Flavius geschritten, und jetzt strömten und strömten die verwegenen Reiter mit gezogenen Krummsäbeln durch das weiße, in der Sonne blendende Steintor – der Bursche erzählte das bereits zum zweiten Mal –, das erste Mal im Bus, und Tanja hatte schon da Boris Lwowitsch zugeflüstert: »Was für einen Blödsinn redet er da? Es war doch der König der Armenier, der in Gefangenschaft geriet, erinnerst du dich an Feuchtwanger?« Boris Lwowitsch, der sich in letzter Zeit für Feuchtwanger begeisterte, hatte die Angewohnheit,

Tanja zur Nacht laut vorzulesen – Tanja verschloss ihre Ohren, schüttelte den Kopf oder fing an, laut die Zeitung zu studieren – irgendwelche kuriosen Geschichten aus dem Leben berühmter Leute oder über den Fund eines Schatzes oder eines Gemäldes, und dann verstummte Boris Lwowitsch, aber bei Feuchtwanger hörte sie, unerwartet für Boris Lwowitsch, zu, und Boris Lwowitsch gab sich Mühe, ihr möglichst viel vorzulesen, bevor sie einschlief – er beeilte sich und verschluckte Wörter –, Tanja lag da, die Augen offen, er wurde heiser, setzte sich auf, aber sie schlief immer noch nicht. »Na weiter«, sagte sie, wenn er eine Minute still war, um Luft zu holen. »Ich glaube, das war der König der Arsakiden, nicht der Armenier«, sagte Boris Lwowitsch, der sich erinnerte, wie vor der Loge des römischen Kaisers der gefangene Arsakidenkönig mit seinem goldenen Säbel vorbeigeführt wurde, den er dem römischen Kaiser zu Füßen legte. »Nein, es war mit Sicherheit der armenische König«, sagte Tanja überzeugt, »das weiß ich, und der Reiseleiter lügt schamlos, und vielleicht tut er das nicht zufällig«, und Boris Lwowitsch versuchte, sich den gefangenen König der Armenier vorzustellen, aber er meinte trotzdem, dass es der König der Arsakiden war oder allenfalls der Iraner, aber sein Vertrauen in den Reiseleiter geriet dennoch ins Wanken, und außerdem hätte er irgendwie gern gewollt, dass es der König der Armenier war. Tanja stand abseits und betrachtete mit entrücktem Blick eingehend den Reiseleiter, aber die Festungsruinen, die sie gerade besichtigten, waren tatsächlich uralt – graue, von der Sonne erwärmte raue Steine, einige mit halb verwischter Keilschrift, und ebensolche graue Säulen mit abgebrochenem Oberteil, die an alte Grabsteine erinnerten, und zwischen ihnen ein blauer Himmel, fast wie auf den Bildern von Leonardo da Vinci, »Tanja, fünfhundert Jahre vor der Zeitrechnung! Stell dir das mal vor!«, schrie Boris Lwowitsch seiner Frau zu, hin und her hastend zwischen ihr und der Gruppe, die dem Reiseleiter über die Steinstufen eines alten Tempels folgte, er bemühte sich, nichts zu verpassen, was der Reiseleiter sagte, und gleichzeitig einen günstigen Punkt zum Fotografieren zu finden – »Eine beinahe biblische Landschaft! Sieh nur!«, schrie er, auf einem Bein kniend und zurückgebeugt, verlor er fast das Gleichgewicht, denn er wollte zwei Säulen mit dem Objektiv ganz nah einfangen und die anderen, etwas kleiner im Hintergrund, dazu den blauen Himmel mit den zwei silbrigen Gipfeln, die sie die gesamte Strecke über, wie der Mond oder die Sonnenkugel, begleiteten und nicht schmolzen, obwohl es schon nach zwölf Uhr Mittag war –, wahrscheinlich waren die Lichtverhältnisse hier anders, und diese Gipfel selbst, wie aus der Karte hervorging, auf der alles, was außerhalb der Staatsgrenze lag, nicht farbig war, sondern einfach weiß, wie weißes Papier oder die Antarktis, und auf der nur die wichtigsten geografischen Punkte eingezeichnet waren, die man nun wirklich nicht weglassen konnte, diese Gipfel waren von hier aus viel näher als vom Hotel, das sie bezogen hatten, und wenn man aufmerksam hinsah, konnte man deutlich erkennen, dass diese Gipfel die Form von Konussen hatten, und diese Konusse waren schneebedeckt, und dieser Schnee war unberührt, und der Schatten des näheren, höheren Konus fiel auf den kleineren Konus, und im Schatten lag auch ein Teil des großen Konus, der nämlich, der dem kleineren zugewandt war, und weiter war von ihm gar nichts mehr zu sehen, wie von der Rückseite des Mondes, und diese Konusse hingen nicht in der Luft, wie das vom Hotelbalkon aussah, sondern schlossen den Berg ab, dessen Konturen sich im flirrenden graublauen Dunst abzeichneten, und durch diesen Dunst hindurch sah man ebenfalls den Fuß des Berges, der überging in das Gebirgsplateau, und obwohl dieses Plateau auch im Dunst versank, hatte Boris Lwowitsch den Eindruck, es sei überhaupt nicht weit bis zum Berg, man müsse nur das Plateau überqueren, das er sich aus irgendeinem Grund wie gepflügte schwarze Erde vorstellte, und es kam ihm merkwürdig und unwahrscheinlich vor, dass sowohl dieser Berg als auch der sich an ihn schmiegende Teil des Gebirgsplateaus fremdes Land war und sich dort irgendwo im Dunst Stacheldraht verbarg, der die Staatsgrenze markierte, all das war eine Konvention, denn beiderseits des

Stacheldrahts war die Erde ein und dieselbe, schwarz, gepflügt und aus den selben Molekülen und Atomen bestehend, aber aus irgendeinem Grund konnte man dort, hinter dem unsichtbaren Draht, der zwischen Pfeilern gezogen ist, alles sagen und tun, was man hier nicht sagen und tun konnte, aber vielleicht existierte dieser Draht mit den spitzen Stacheln nur in seiner Phantasie, und man konnte ruhig, ohne sich umzusehen, über dieses gepflügte schwarze Feld laufen, sich auflösen in dem Dunst, der dieses Feld einhüllte, und noch unwahrscheinlicher schien die Unberührtheit des Schnees, der die Berggipfel bedeckte. Boris Lwowitsch kam es vor, als müssten dort, direkt auf dem Gipfel des großen Konus oder auf seiner unsichtbaren Rückseite, Beobachter und eine Artillerieeinheit liegen, vielleicht sogar mit Raketenrampen – kräftige, breitschultrige, bärtige Männer mit von der Hochgebirgssonne golden verbrannten Gesichtern, die an die Helden von Jules Verne erinnerten und Tag und Nacht aufmerksam verfolgten, was sich auf der anderen Seite des Stacheldrahts tat – sie reichen ihre Hände Boris Lwowitsch und Tanja, die über die vereisten Steine und Felsvorsprünge klettern, und nun stehen sie bereits bei diesen bärtigen Männern – man wirft ihnen Decken über, gibt ihnen zu essen und zu trinken, als wären sie Schiffbrüchige –, diese Männer kommen von weit her, von hinterm Ozean, in sich abwechselnden Gruppen mit Flugzeugen, sie sind wie Teilnehmer einer

Polarexpedition auf einer Station – Boris Lwowitsch möchte ihnen alles über sich erzählen, wie er sein Gesicht verbirgt und wie er Angst hat, das laut zu sagen, was er sich zu Hause nicht traut zu flüstern, aber sie wissen bereits alles – sie haben offene, energische Gesichter, goldrote Bärte und helle Augen, und Boris Lwowitsch spürt einen bittersüßen Kloß im Hals aufsteigen, den er sonst nur spürt, wenn er Beethovens Musik hört und daran denkt, dass Beethoven taub war und die Straßenjungen hinter ihm herrannten, weil sein Hörrohr aus der Hosentasche rausguckte. Sie fuhren wieder mit dem Bus, begleitet von den zwei silbrigen Konussen, und der dunkelhäutige Bursche, der Reiseleiter, stand neben der Fahrerkabine mit dem Mikrofon in der einen Hand, legte die Finger der anderen Hand so zusammen, als wolle er Salz oder Pfeffer streuen, streckte sie zum Busdach hoch und erzählte, dass der Berg nur ganze zweimal bestiegen wurde – einmal von einer amerikanischen Expedition, die nach Resten der Arche Noah gesucht hatte, und Boris Lwowitsch erinnerte sich, wie vor vielen Jahren eine Meldung über diese Expedition erschienen war, die, wie es in der Zeitung hieß, Spionageziele verfolgte, die gegen den Staat gerichtet waren, in dem Boris Lwowitsch lebte, sich aber mit verschiedenen Bibelmärchen getarnt hatte, und dieser Fakt wurde breit ausgewalzt, weil der Artikel im Stil eines Feuilletons geschrieben war und er Boris Lwowitsch sogar geistreich erschien, so dass ihm beim Lesen der Satz »Auf dem Ararat war der Wein so rar« in den Sinn kam, den er in der Kindheit und dann im Krieg gehört hatte – das r in diesem Satz wurde besonders lange gerollt – r-r-r –, manchmal aber konnte dieses rollende Zungen-r in ein Zäpfchen-r übergehen, und Boris Lwowitsch musste daran denken, wie man ihm damals beim Zeitungslesen erzählt hatte, dass die Deutschen im Krieg die Kinder gezwungen hatten, diesen Satz zu sprechen, um herauszubekommen, ob sie ihre Herkunft verschwiegen,* aber er rollte das r in diesem Satz sehr schön, obwohl er, wenn er wollte, den Satz auch mit Zäpfchen-r sprechen konnte und diese Sprechweise sogar zu parodieren vermochte, aber die Deutschen hätten ihn ohnehin nicht verschont, weil ein flüchtiger Blick auf sein Gesicht genügt hätte. Jemand fragte den Reiseleiter nach den Ergebnissen der Expedition, und er antwortete, dass sie nichts gefunden hätten, und keiner wunderte sich über diese Antwort, als ginge es um Ausgrabungen einer alten Stadt, über deren Existenz man genau Bescheid wusste –, die Straße, die der Bus jetzt entlangfuhr, die niedrigen Steinhäuser und Zäune, die am Fenster vorbeihuschten, das Gebirgsplateau, das sich zu beiden Seiten der Straße hinzog, die Stadt, die man weit weg auf einer Anhöhe sah und die im Dunst

* Im Russischen wird das Zungen-r gesprochen, das Jiddische kennt, wie im Deutschen, das Zäpfchen-r. Die Muttersprache der sowjetischen Juden aus dem ehemaligen Ansiedlungsstreifen war das Jiddische, und deshalb sprachen sie häufig russisch ohne rollendes Zungen-r. (Anm. d. Ü.)

versank, der sich erst an den grün bewachsenen Hängen auflöste, die weißen Skulpturen trauernder Mütter oder Krieger oder vielleicht auch von Raumschiffen, die sich zwischen dem Grün erhoben – all das wurde verdeckt von strömendem Wasser, durch das lediglich die zwei silbrigen Konusse sichtbar waren, aber auch die wurden verschlungen – erst der kleinere, dann der große Konus, und jetzt war alles bis zum Horizont hin mit Wasser bedeckt – der Ozean deckte die Erde zu, und auf seiner gesamten unüberschaubaren leeren Oberfläche schaukelte langsam ein kleiner Kasten, der aussah wie eine Truhe – der dort sitzende Mensch erhob sich, schlug mit seinem Kopf den Deckel heraus, so wie der Zarewitsch im »Märchen vom Zaren Saltan«, – der Mensch war nackt, von seinem grauen Bart, der wie angewachsene Eiszapfen aussah, troff Wasser, Ströme grünen Wassers, ja, auch er selbst schien aus Wasser zu sein, aus Wasser, grün wie Glas. Aus dem Kasten flatterten durch den aufgestoßenen Deckel irgendwelche seltenen Vögel, die wie Archäopteryxe aussahen, flogen davon und verschwanden hinter dem Horizont, ein graubärtiger Riese stieg aus dem grünen Wasser, stand am Ufer neben einer mächtigen Eiche, und neben ihm standen seine drei Söhne – der älteste, der mittlere und der jüngste, sie machten sich, ihm gehorsam folgend, auf den Weg, als aber der Alte müde wurde und sich im Schatten eines weit ausladenden Baums niederließ, deckte einer der

Söhne – der mittlere – nicht seine Beine zu und erzählte davon lachend seinen Brüdern. Zum ersten Mal wurde der Berg noch im vergangenen Jahrhundert bestiegen, ein Lehrer und Forscher aus dieser Gegend hier, nach dem eine Straße in der Stadt benannt war, verschwand spurlos kurze Zeit nach der Bergbesteigung – er war aus dem Haus gegangen und nicht zurückgekehrt, so dass sein Tod von irgendwelchen geheimen Umständen umwoben war. »Wahrscheinlich hat er versucht, den Berg ein zweites Mal zu besteigen«, sagte Tanja, die ein unerwartet großes Interesse an der Erzählung des Reiseleiters zeigte, »ich bin sogar völlig sicher«, fügte sie hinzu, dann blickte sie in Richtung des Bergs, der ihnen unablässig folgte, und sagte: »Und überhaupt, das ist alles kein Zufall«, und Boris Lwowitsch wunderte sich, dass ihm nicht selbst dieser Gedanke gekommen war, und er vermeinte sogar, dass er diesen Gedanken bereits vor Tanjas Worten gehabt hatte. In einem einstöckigen Holzhaus ganz am Rande der Stadt öffnete tief in der Nacht ein Mann vorsichtig die Tür und trat in Reisekleidern mit einem Reisesack über der Schulter und einem Stock in der Hand ins Freie – der Mann war blind, denn er hatte bereits einmal versucht, den Berg zu besteigen, aber vielleicht war die Nacht auch einfach stockfinster –, als er bei der steinernen Umzäunung angelangt war, die das Haus umgab, tastete er sich daran entlang, indem er seinen Stock vor sich hersetzte –, an der Pforte angekommen, wandte er sich um, warf einen letzten Blick zurück auf das verlassene schlafende Haus, das in der Dunkelheit versank, setzte seinen Stock nach vorn, lief schnell den engen bekannten Pfad entlang und verlor sich im Dunkel –, der Bus hielt an einem grauen Steintor – aus solchem rauen grauen Stein waren die langen einstöckigen Gebäude gemacht, die entlang der ebenso grauen Umzäunung des Klosterhofs standen, der Residenz der hiesigen Kirche, und genauso grau war auch die Kirche, die am Ende einer langen Allee zu sehen war, eigentlich nur deren Silhouette, denn die Sonne wollte schon untergehen und stand auf der anderen Seite der Kirche, beleuchtete sie mit Gegenlicht, so dass der Kirchturm und die Kuppeln von goldenem Schein umgeben schienen und man auf einem Foto nur die Kirchensilhouette hätte erkennen können –, die Reisegruppe ging auf der Allee weit vorn, während Boris Lwowitsch seine Objektive abschraubte und wechselte, sie fallen ließ, mal rechts, mal links kniete, nach Tanja rief, die auf einem Nebenweg ging, von einem Ende der Allee zum anderen rannte, weil unklar war, ob sie bis zu jener Seite der Kirche gehen würden, um sie bei normaler Beleuchtung zu knipsen, und ob die Sonne dann nicht endgültig untergegangen sein würde, aber die Kirchensilhouette mit dem goldenen Schein, das wäre doch wirklich interessant – die kleine menschliche Gestalt in Reisekleidern, auf den Stock gestützt, die Hand mit den gespreizten Fingern nach vorn streckend, als ob sie die Luft befühlten, kletterte den steilen Berghang hinauf – oben blinkte genauso unerreichbar nah der unberührte Schnee des großen Konus, als habe der Mann nicht viele Tagesstrecken über spärlich mit Gebüsch und Moos bewachsene Felsen hinter sich, immer noch glitzerte der große Konus, und der Mann streckte seine Hand nach ihm aus –, auf einer Bank an einem Blumenbeet, etwas abseits der Allee, unterhielten sich drei oder vier schwarz gekleidete Geistliche mit grauen Bärten, rosigen Gesichtern und, wie es Boris Lwowitsch vorkam, schwarzen Zylindern. »Diese Szene musst du fotografieren, bitte!«, Tanja kam zu ihm gelaufen, und deswegen hatte er sie eigentlich bemerkt – genauso machte sie vor jedem Hund halt, dem sie begegneten – »Bitte, unbedingt!«, flehte sie ihn an – wenn der Hund klein war, nahm sie ihn hoch und knuddelte ihn, große Hunde allerdings streichelte sie vorsichtig und redete ihnen dabei zu: »Ach, wie hübsch wir sind«, aber man merkte, dass sie sich zurückhalten musste, sie nicht auf den Arm zu nehmen und hinter den Ohren zu kraulen, Boris Lwowitsch jedoch versuchte, Tanja dort wegzubekommen, oder er stand abseits mit unbeteiligter Miene, weil es zu Ärger mit den Hundebesitzern führen könnte, und außerdem könnte der Hund Tanja beißen, und dann müsste man dreißig oder sogar vierzig Tage warten, bis klar war, dass der Hund keine Tollwut hatte, und manche Hunde, die Tanja streichelte, waren herrenlos, noch dazu in einer fremden Stadt. »Es wird nichts gegen das Licht«, sagte er, obwohl die Sonne nicht hinter den Betrachtern stand, sondern hinter der Kirche, aber er wollte keinen Ärger. »Den dort«, sagte Tanja und wies mit dem Kopf auf einen Geistlichen, »der ist wahrscheinlich das Oberhaupt. Ich bin mir da ganz sicher. Der Katholikos der armenischen Kirche«, setzte sie im selben Ton hinzu, in dem sie sagte »Lord Beaconsfield« oder »Flickenimperium« –, auf den Nebenalleen liefen Kinder, an einem der Klostergebäude saß ein Maler mit Staffelei, und Boris Lwowitsch knipste ihn von hinten mit seinem Bild, auf dem bereits die Konturen des Klostergebäudes zu erkennen waren. In Moskau machte er stets einen Bogen um die enge, leere, krumme Gasse, die ein wenig nach oben anstieg und zwei alte belebte Moskauer Straßen miteinander verband – auf der linken Seite der Gasse, wenn man sie nach oben entlangging, an der Stelle, wo sie sich wie ein Knie krümmte, gleich hinter dem Knie, stand ein Gebäude mit Säulen und einem dreieckigen Giebel – zu den Säulen führten breite Stufen, fast wie beim Bolschoitheater, ja, und das Gebäude selbst hatte Ähnlichkeit mit der Oper, aber Boris Lwowitsch konnte sich weder an seine Farbe noch an andere Details erinnern, weil er erst ein- oder zweimal durch diese Gasse gelaufen war, er war zufällig dorthin geraten und hatte erst danach begriffen, dass es diese Gasse war, aber zum Umkehren war es bereits zu spät

– er war schnell gelaufen, fast gerannt, hatte sich an die Häuserwände auf der entgegengesetzten Seite gedrückt, die Augen fast geschlossen und den Kopf eingezogen, um nicht zufällig auf das Gebäude mit den Säulen zu sehen – die leere Gasse war überschaubar, und auf den belebten Straßen, die diese Gasse verband, standen Milizionäre, hier hätten sie auch auftauchen können, und Boris Lwowitsch blickte so lange nach unten, bis er auf der belebten Straße stand und in der Menschenmenge verschwand. Einmal, kurz nach dem Tod seines Vaters, der die Sprache seines Volkes beherrschte, sie aber nur in der Unterhaltung mit alten Leuten, mit irgendwelchen entfernten Verwandten oder mit den Fuhrleuten, die Holz brachten, verwendete, so dass es Boris Lwowitsch vorkam, der Vater benutze diese Sprache lediglich zum Handeln oder um irgendwelche alten Familienrechnungen zu begleichen – einmal, an einem Herbstabend, sahen Tanja und er durch einen Schleier von Regen und Nebel irgendwo oben Lichter leuchten, die aber die Dunkelheit der Gasse nicht aufzulösen vermochten, und sie schlichen sich durch die Türen hinter den Säulen – drinnen war es hell, in zwei oder drei Zimmern, die vom Korridor abführten, saßen an langen, unbedeckten Tischen alte Männer, die den entfernten Verwandten des Vaters glichen, mit schwarzen Kippas und Bärten, die einen saßen, die anderen gingen hin und her, jemand schrieb etwas in ein Geschäftsbuch, die alten Männer standen in kleinen Gruppen beisammen und unterhielten sich, und so wie bei seinem Vater und dessen entfernten Verwandten vernahm er zwischen den unverständlichen Lauten einzelne bekannte Worte, ja sogar Sätze, aber Boris Lwowitsch hatte den Eindruck, sie schlössen unter sich irgendeinen Vertrag – Tanja und er stiegen nach oben, weil es sich für Frauen nicht gehörte, sich unten aufzuhalten –, oben gab es Sesselreihen wie im Theater, und sie setzten sich näher an die Balustrade – unten, unter ihnen, standen die Männer, und weiter vorn, so wie es im Theater sein muss, befand sich ein Podest, eine Art Bühne oder Estrade, und da waren wohl auch Leute, und auf dem gegenüberliegenden Rang, fast direkt über der Bühne, saß eine Frau in weißem Kleid und mit einer Hochfrisur, und alle blickten unaufhörlich zu ihr und flüsterten miteinander – entweder war es die Frau eines Botschafters oder die Botschafterin selbst, teilte Tanja ihm mit, aber er hatte sich doch nicht gemerkt, wer diese Dame war. »Sieh mal, was für ein Kleid sie anhat!«, Tanja war begeistert. Es war ein Feiertag, Rosch Haschana, oder einer, der an den Exodus oder einen anderen Auszug erinnert – unter der Decke strahlten hell die Kronleuchter, ein Chor sang, und im Chor war eine hohe Stimme, ein Tenor, herauszuhören, und auch das verstärkte die Ähnlichkeit mit einem Theater, doch weder der Chor noch der Tenor waren zu sehen, so dass unklar blieb, wer da überhaupt sang, aber die Musik war melodisch wie in der italienischen Oper. »Fast wie in der Kirche«, sagte Tanja, und Boris Lwowitsch dachte im Innern ebenso, und das verwunderte ihn, weil er gemeint hatte, sie müssten hier in orientalischem Singsang rufen, und überhaupt war er hierhergekommen, um seines Vaters zu gedenken – Tanja hatte ihm gesagt, das gehöre sich so –, um sie herum saßen Männer und Frauen. »Hier sind viele Russen«, teilte ihm Tanja mit, »vor allem Frauen, sie kommen einfach, um zuzuhören.« Der Chor und der Tenor sangen weiter ihre italienische Arie – das war lange her –, als sie dort rausgingen, sog Boris Lwowitsch genüsslich die feuchte Herbstluft ein –, die kleine menschliche Gestalt stieg immer höher, kletterte über die Felsen, rutschte über die vereisten Felsvorsprünge, die Hand vorgestreckt in Richtung des unsichtbaren Schneegipfels – der Mann war blind –, und von dort, von oben, reichte man ihm Hände, aber der Mann sah sie nicht –, die Teilnehmer der Expedition, denen inzwischen rote Bärte gewachsen waren, mit den gold gebräunten Gesichtern und ihren ruhigen skandinavischen Augen, liefen dem Blinden entgegen – unterwegs hatte er seinen Stock verloren, und der rollte nun langsam nach unten, hing für kurze Zeit an weniger steilen Stellen fest und setzte dann seinen unaufhaltsamen Fall fort –, die Teilnehmer der Expedition griffen dem entkräfteten Blinden unter die Arme, und dieser Mann war Boris Lwowitsch, der graubärtige alte weise Mann aber mit seinen drei Söhnen, dem ältesten, mittleren und dem jüngsten, setzte seinen Weg in das steinige Land hinein fort, über ihren Köpfen flogen die von ihnen freigelassenen Vögel, die mal verschwanden und mal wiederkehrten – es war unklar, wer wem den Weg wies –, der mittlere Sohn, der dem schlafenden Vater nicht die Beine zugedeckt hatte, ging allen voran – vielleicht führte er die anderen? –, in der halbdunklen Kirche, die jetzt ein Museum war, drängten sich die Exkursionsteilnehmer, reckten ihre Köpfe in die Höhe und starrten mit vor Spannung halb offenen Mündern auf die alte Kuppelbemalung – die verblassten Fresken wurden spärlich vom Licht der fast untergegangenen Sonne beleuchtet, das durch die schmalen Schlitze drang –, besonders schwer waren die Darstellungen direkt unter der Kuppeldecke zu erkennen – die in den Wolken schwebenden Engel mit Trompeten, die dunklen Gesichter der Heiligen, die ein verblasster Heiligenschein umgab, die Darstellungen der Muttergottes mit dem unproportional kleinen Kind, so als wäre es noch ein Embryo oder ein Frühchen –, beim Fotografieren musste man mit dem Finger die Belichtungsdauer regeln, und Boris Lwowitsch richtete lange das Objektiv aus, bemühte sich, in regloser Stellung zu verharren, aber er wurde immer wieder angestoßen –, im Museum hatten sich fast sämtliche Exkursionsteilnehmer versammelt, die sich die Residenz anschauen wollten – die Reiseleiter aus der Stadt hatten sich wie in stiller, höflicher Übereinkunft zurückgezogen und den Museumsführern das Wort überlassen, jetzt übten sie sich draußen in gewohnter Geduld und warteten auf die Rückkehr ihrer Gruppen – die Touristen standen dicht gedrängt an einer schweren, mit goldenem Schnitzwerk verzierten Flügeltür, die aussah wie ein Zarentor – dort hinein ließ man sie nur in kleiner Anzahl, während die Museumsführer selbst nicht mit hineingingen, sondern den Besuchern lediglich verschämt mit auf den Weg gaben, dass man dort für die Renovierung des Tempels spenden sollte, so als verstünden sie und die Besucher sich ausgezeichnet, aber was sollte man machen? – man musste die Traditionen der Gläubigen achten –, Boris Lwowitsch fuhr mit der Hand in die Tasche und hielt ein paar Geldstücke in seiner Faust bereit, als wären sie die Eintrittskarte, die er vorzuweisen gedachte, Tanja kramte ebenfalls in ihrer Handtasche, aber es war nicht klar, ob jeder einzeln bezahlen musste oder ob einer reichte und man dort verstehen würde, dass einer für beide zahlt –, hinter der Tür war alles hell erleuchtet, Kronleuchter brannten, es war stickig und roch nach dem Wachs von gewienertem Parkett oder nach Weihrauch – die Leute bewegten sich in langsamen Reihen zwischen intarsienverzierten Tischen und Glasschränken, mit denen beide Räume vollgestellt waren – hinter doppeltem Glas lagen, standen und hingen in Silber, Gold und Perlmutt glitzernde Perlen, Armreifen, Broschen, Ikonen, Kreuze, eine altertümliche Waffe – vielleicht eine Streitaxt oder eine Hellebarde, Brokatkleider, mit Edelsteinen übersäte himbeerrote Bischofsmützen, alte Bücher in schweren silbernen Einbänden –, die Leute beugten sich über die Tische und hielten dabei ihre Hände so auf dem Rücken, als seien sie gebunden, sie gingen mit ihren Gesichtern so dicht an die Scheiben der Schränke heran, dass sie sich fast die Nasen platt drückten, und dabei hielten sie ihre Hände nach wie vor auf dem Rücken –, zwischen den Besuchern lief ein Kirchendiener herum in langem Gewand und mit einem Holzkasten in den Händen – die Besucher steckten verschämt ihr Geld in den Kastenschlitz, als täten sie etwas Ungesetzliches –, Boris Lwowitsch und Tanja steckten ebenfalls Geld hinein, und als sie das taten, senkte der Mann mit dem Kasten eine Sekunde lang seine Augenlider, was vielleicht Peinlichkeit oder auch Dankbarkeit ausdrücken sollte –, die meisten Besucher umringten einen hochgewachsenen Mann mit schwarzem Bart, pechrabenschwarzen Augen und einem kleinen Huckel auf der Nase, was seinem Gesicht etwas Hochmütiges verlieh – mit einem Zeigestock in der Hand gab er seine Erklärungen und blickte dabei über die Köpfe hinweg –, er stand so, dass er alles sehen konnte, was sich im zweiten Raum abspielte, wo die Besucher in ebensolchen Reihen zwischen den Tischen und den Schränken mit den Schätzen umhergingen, und ließ diesen Raum nicht eine

Minute aus den Augen – mit der Spitze des Zeigestocks berührte er nur leicht und für einen kurzen Augenblick die Scheibe, als ob er gar nicht mit dem Verständnis seiner Zuhörer rechne – er trug einen schwarzen Anzug, doch Boris Lwowitsch kam es vor, als sei das ein Frack oder ein Smoking mit Schwalbenschwanz, und dieser Frack ähnelte eher einem langen schwarzen Ornat, das hohe geistliche Würdenträger tragen, und seine gepflegten Hände unter den weißen Spitzenmanschetten wie bei einem Erzherzog waren auch von diesem Ornat überdeckt –, in der linken hielt er lässig den Zeigestock, während er mit den Fingern der rechten mit der Silberkette und dem Kreuz auf seiner Brust spielte – wenn er eine Pause einlegte, um den Besuchern die Möglichkeit zu geben, das Ausstellungsstück zu betrachten, über das er gerade gesprochen hatte, schoben sich die Leute fast übereinander und atmeten denen, die vor ihnen standen, in den Nacken, sie erhoben sich auf die Zehenspitzen und reckten die Hälse, um besser sehen zu können – »Die Arche Noah«, hörte man die Besucher sagen, die einen der Schränke umringten – diese Worte gingen von Mund zu Mund – Boris Lwowitsch stand auf den Zehenspitzen und versuchte, etwas zu erkennen, aber die Menschen bildeten eine dichte Mauer – als sie wegtraten, um das nächste Exponat zu besichtigen, öffnete Boris Lwowitsch, noch ohne dass er etwas sah, aber mit hämmerndem Herzen den Fotoapparat – »verboten,

verboten« – hörte er von allen Seiten, und ein Besucher zupfte ihn sogar am Ärmel und zeigte auf den Hochgewachsenen mit dem Bart in der schwarzen Soutane –, der nahm die Hand von dem Kreuz auf seiner Brust und machte eine gebieterische Geste des Verbots, und diese Geste bezog sich auf ihn, Boris Lwowitsch – ein Stückchen von einem Holzbrett, teerbeschmiert und rissig, lag unter Glas in einem großen vergoldeten Rahmen, wie ein Gemälde von Leonardo da Vinci oder Raffael, direkt vor Boris Lwowitschs Augen – genauso hatte er sich das vorgestellt: als ein Stück gebeizte Eiche, als ein kleiner Überrest der gewaltigen Schiffskatastrophe – der nackte Alte mit dem langen grauen Bart, der wie Eiszapfen oder wie Wasserstrahlen aussah, und seine drei Söhne, der älteste, der mittlere und der jüngste, setzten ihren Weg ins Innere des unbekannten Landes fort, schlugen ihr Nachtlager unter ausladenden grünen Eichen auf und marschierten am Tage über die spärlich bewachsene und von der heißen Sonne brennende Ebene, der mittlere Sohn, der dem Vater die Beine nicht bedeckt hatte, lief jetzt ganz hinten – die Söhne waren nackt, so wie ihr Vater auch, und diese Menschen waren die Vorfahren von Boris Lwowitsch und überhaupt aller Menschen, aber Boris Lwowitschs Vorfahren waren die Ersten, die davon in ihren heiligen Schriften berichtet hatten, und der bärtige Mann mit den pechrabenschwarzen Augen und dem langen schwarzen

Umhang, für den Boris Lwowitsch nur einer von tausend gesichtslosen Besuchern war, die täglich mit Ausflugsbussen anreisten, um ihre müßige Neugier zu befriedigen, dieser gestrenge Mann, der über die Köpfe hinwegschaute, hatte davon ebenfalls aus den heiligen Schriften erfahren, die von der Hand von Boris Lwowitschs Vorfahren geschrieben waren – diese Bücher in den dicken Ledereinbänden standen in seinem, des Kardinals, Arbeitszimmer, und manchmal trat er an sie heran, suchte eins aus und blätterte ohne Eile in den vergilbten Seiten, konzentrierte sich auf Stellen, die ihn durch ihre Tiefe und Weisheit besonders beeindruckten, hin und wieder rückte er das silberne Kreuz auf seiner Brust zurecht, aber aus irgendeinem Grund blieben der nackte Alte und seine drei Söhne irgendwie körperlos – der Alte bestand ganz aus grünem Meerwasser, und sein Bart sah aus wie Tang, die Körper seiner Söhne aber waren durchsichtig und hatten keinerlei Konturen, und die kleine Gestalt des Blinden, der in der Nacht sein Haus verlassen hatte, kletterte noch immer nach oben zu dem silbrigen großen Konus und hielt sich an den vereisten Felsvorsprüngen fest, trat zurück und rutschte aus – es gab dort keine Expeditionsteilnehmer – einfach nur unberührten, in der Sonne gleißenden Schnee, der sich so weit in die Höhe zog, dass einem davon die Luft wegblieb –, der Reisesack, der wie ein Rucksack aussah, drückte auf den Schultern des Mannes, und seine Kleidung ähnelte der eines Bergsteigers – der Stock, den er fallen gelassen hatte, rollte nach wie vor langsam und unaufhaltsam in die Tiefe, und aus dem einstöckigen Haus am Stadtrand trat eine alte, in ein schwarzes Tuch gehüllte Frau, lief ein paar Schritte den Weg entlang, hielt inne und streckte ihre Arme den im Himmel hängenden Schneekonussen entgegen, dann fiel sie auf die Knie und begann zu beten, dabei legte sie immer mal wieder ihre Handflächen an die Stirn, als wolle sie prüfen, ob sie Fieber habe, und murmelte mit den Lippen in der Boris Lwowitsch unbekannten Sprache –, etwas höher, links von dem Holzrest, der von der gewaltigen Schiffskatastrophe erhalten geblieben war, ebenfalls unter Glas und in breitem vergoldetem Rahmen, hing ein verrosteter Speer, vielmehr weniger ein Speer als nur dessen Spitze – mit dieser Spitze hatte ein römischer Legionär den gekreuzigten Mann unterhalb seines eingefallenen Brustkorbs gestochen, um sich zu vergewissern, ob er noch lebte –, die Krieger standen in dichter Mauer um den Ort der Hinrichtung, sie trugen Harnische und Helme, die wie bei den Deutschen aussahen, und wenn sie den Vorgesetzten Meldung machten oder sich gegenseitig grüßten, rissen sie ihren Arm mit der hochgestreckten Hand nach oben, als schützten sie sich vor der Sonne –, der Mann lebte noch, denn an der Stelle, wo ihn die Speerspitze berührt hatte, durchzuckte ein Krampf seine Bauchmuskeln wie bei jemandem auf dem

Operationstisch, wenn man dessen Körper mit dem Skalpell berührte – er öffnete langsam seine tief eingefallenen Augen mit den schwarzen Ringen, und von seinen geschwollenen Lidern flogen träge ein paar Bremsen auf, aber sie flogen nicht weg, sondern kreisten um sein Gesicht, weil sie wussten, dass der Mann gleich wieder die Lider schließen würde – seine Augen sahen schon nicht mehr, was um ihn herum auf dem Platz geschah, der auf einem hohen kahlen Hügel lag – sein Körper hing schlaff wie ein Sack, gestützt von den an den Querbalken genagelten Händen, und rechts unter seinen Rippen war eine Wunde, die wie ein Schwamm aussah und blutete – wahrscheinlich hatte der rostige Speer seine Muskeln durchbohrt und die Leber getroffen – weshalb die Wunde auch wie ein Schwamm aussah –, sein Blick nahm gerade noch die Konturen des Tempels und der Stadt wahr, die auf den Hügeln lag und in grauen Dunst gehüllt war, aber je weiter sein Blick reichte, umso deutlicher wurde das, was in der Ferne lag – irgendwo fernab durch den vorgewittrigen Schleier, der die Hügel und Täler überzog, zeichnete sich das sandige Ufer des Meeres ab – langsame schwere Wellen liefen auf das Ufer zu und lustlos wieder zurück und trugen das einsame teerverschmierte Boot mit dem unter dem Sitz liegenden Ruder mit sich fort, auf dem Boden des Boots sammelte sich immer mehr dunkles Wasser –, an jenem Tag war das Meer ebenfalls ruhig – er stand mitten im Boot, ruderte mal rechts, mal links, so dass sich das Boot nicht vom Fleck bewegte, am Ufer standen bärtige Männer wie eine dichte Mauer – Fischer in bis über die Knie hochgekrempelten zerlumpten Kleidern –, die Sonne ging unter und beleuchtete ihre Gesichter mit glutrotem Licht – der Mann im Boot war auch barfuß, seine Fesseln waren schmal – die am Ufer Stehenden riefen ihm etwas zu, streckten ihm ihre Hände entgegen, wahrscheinlich wollten sie ihn vor etwas warnen – eine gewaltige schäumende Woge verdeckte die Sonne und kam auf ihn zu, so dass es dunkel wie die Nacht wurde, aber der Mann im Boot führte das Ruder ebenso ruhig weiter –, ein paar Ellenbogenlängen vor dem Boot fiel die schäumende Woge plötzlich in sich zusammen – vor der untergehenden Sonne zeichnete sich deutlich die Gestalt des im Boot stehenden Mannes ab, und für ein paar Sekunden blitzte um die Gestalt ein goldener Schein auf – das leere, teerverschmierte Boot mit dem verlassenen Ruder und dem schwarzen Wasser auf dem Boden trug es immer weiter vom Ufer fort – das Ufer war auch leer, nur Sand, Steine und die Gewitterwolke, die sich wie eine dunkle Wand dem Ufer näherte, und weiter weg, hinter der Wolke und der wie immer blendenden Bläue des Meeres, das nicht mehr wolkenverhangen war, erstreckten sich unüberschaubare Landstriche, die keine Ähnlichkeit hatten mit jenem Land, über dessen Erde der Mann geschritten war, der jetzt an dem hölzernen

Querbalken hing –, aus Wolken – war es Dampf, war es Rauch –, die jene Landstriche bedeckten, lösten sich plötzlich Streitwagen mit Kriegern, und ebensolche Krieger, in Harnischen, mit Speeren und Schwertern in der Hand, in schweren Helmen mit geschlossenem Visier, das ihre harten, finsteren Gesichter verbarg, hoch zu Ross mit hinter ihnen herrennenden Waffenträgern, lösten sich auch aus den sie umhüllenden Rauchwolken – auf den Schilden, die sie vor sich hielten, war ein Kreuz eingraviert, und ein ebensolches Kreuz war auf den Fahnen abgebildet, die im Wind wehten und unter denen die Krieger marschierten –, sie tauchten an verschiedenen Enden der unüberschaubaren Landstriche auf, die sich vom blauen Meer nach Norden hin erstreckten, und die Streitwagen und Reiter rannten gegeneinander an, verwundeten und vernichteten einander –, und wenn sie mit dem Schwert auf den Feind einhieben, riefen sie den Namen des Mannes, dessen Hände jetzt an den Querbalken genagelt waren und dessen Körper schlaff dort hing, und diesen Mann hätte man wahrscheinlich noch retten können, wenn man ihn vorsichtig vom Querbalken abgenommen und die besten römischen Mediziner gerufen hätte. Und dann bestiegen sie mit denselben Fahnen mit dem schwarzen Kreuz elegante Segelschiffe, die so ähnlich aussahen wie die, die Boris Lwowitsch im Kriegsmarine-Museum in Leningrad gesehen hatte, fuhren über das blaue Meer und betraten das Land, über das der Mann geschritten war, der an dem Holzpfahl mit dem Querbalken gehangen hatte, und säten um sich herum Vernichtung und Tod –, seine Augen trübten sich wie bei allen Sterbenden, aber durch den gleichmäßigen weißlichen Schleier, der nur von den tanzenden Bremsen zerrissen wurde, sah er helle Feuerfunken in der Nacht –, dieselben Menschen, nur in lange schwarze Gewänder gehüllt und mit schweren Silberkreuzen auf der Brust, standen auf einer Anhöhe und zeigten mit majestätischer Handbewegung auf die sich unten drängenden Menschen, die jenen Fischern merkwürdig ähnlich sahen – sie wurden zu einem Pfosten geschleift, mit einer Eisenkette daran festgebunden, und dann warf man brennende Holzscheite zu ihren Füßen, und an einem ganz anderen Ende dieses riesigen Festlandes, das sich vom blauen Meer gegen Norden hin erstreckte, bewegte sich über steingepflasterte und von blühenden Akazien gesäumte Straßen eine dunkle Menschenmenge – Kirchendiener in langem Gewand, die eine Prozession anführten, mit ebensolchem silbernem Kreuz auf der Brust wie bei denen, die nachts auf der Anhöhe standen, vom glutroten Licht der Feuer beschienen, und sie trugen große weiße Fahnen, auf denen der Mann mit den eingefallenen Märtyreraugen und den schwarzen Augenringen abgebildet war, auf anderen Fahnen waren Heilige dargestellt, deren Gesichter merkwürdigerweise denen ähnelten, die am Ufer gestanden und ihre Hände dem entgegengestreckt hatten, der sich im Boot befand –, die Träger der Kirchenfahnen sangen mit tiefen Stimmen in einer Sprache, die der am Querbalken Sterbende nicht kannte, und von hinten warf jemand aus der Menge Steine in die Fenster der Häuser – die Scheiben zerbarsten und fielen splitternd auf das Pflaster, und als die Kirchendiener mit ihren Fahnen und den Kreuzen auf der Brust um die Ecke bogen, stürmten die Steinewerfer in die Hauseingänge und schleppten von dort alte Männer heraus mit genau solchen leidvollen Augen, wie sie die auf den Kirchenfahnen Abgebildeten hatten, mit genau solchen krausen Bärten, nur grauen, zerzausten, weil die, die in die Häuser eingedrungen waren, sie an den Bärten herausgezogen hatten, und andere schleppten Kinder und Frauen heraus, und die schwarzäugigen Frauen mit ihren zerwühlten Haaren pressten ihre schreienden Kinder an die Brust, fielen auf die Knie und flehten die Leute an, die sie aus den Häusern geholt hatten und die nach Wodka rochen, und von oben flogen aus den eingeschlagenen Fenstern weiße Watteflocken und Flaum und bedeckten den Gehsteig und das Straßenpflaster wie Schnee –, jetzt zerrissen nicht einmal mehr die umherschwirrenden Bremsen den Schleier, der die Augen des Sterbenden überzog, aber durch den Schleier sah der Sterbende plötzlich ganz klar schwarzen Rauch, der aus hohen Schornsteinen aufstieg, um die Luft nicht zu verschmutzen – es schien, als klebe der

Rauch fest an den Schornsteinen, wie schwarze Fahnen, die der Wind nur leicht kräuselte –, aus lautlos mitten in der Nacht ankommenden Zügen stiegen Menschen mit gelben Aufnähern auf der Brust – geblendet von sich kreuzenden Scheinwerferstrahlen, mit soliden Lederkoffern und Reisetaschen, in denen sich akkurat und sorgsam zusammengelegte Decken, Anzüge, warme Wäsche, parfümierte Seife und Zahnbürsten in Plastikbehältern befanden, sie hielten akkurat gekleidete Kinder an der Hand, gingen lautlos vorbei an den zu beiden Seiten der asphaltierten Straße geschlossen in Reih und Glied stehenden Soldaten in langen schwarzen Militärmänteln, mit aufgepflanzten Bajonetten und schweren Stahlhelmen, als wäre das eine Ehrenwache für hohe Gäste – wahrscheinlich sah das Gesetz zur Umsiedlung an den neuen Ort auch den Schutz des Lebens und des Privateigentums der Bürger vor –, hinter jeder Menschenkolonne ging ein Mann in ebensolchem schwarzem Militärmantel, nur ohne Stahlhelm, sondern mit einer hohen Mütze mit Abzeichen und Lackschirm, mit Schulterriemen und Pistole an der Seite – er war ein wenig hinter der Kolonne zurückgeblieben, hielt eine Sekunde inne und rief den in der Ehrenwache stillstehenden Soldaten ein paar kurze, abgehackte Worte zu – zwei oder drei Soldaten traten im Stechschritt aus dem Glied und blieben vor ihm stehen, dann rissen sie ihren rechten Arm mit nach oben gestreckter Hand hoch, genauso wie es gerade die Krieger mit den Helmen getan hatten, die die Hinrichtungsstätte umstanden – der Offizier mit der Schirmmütze antwortete ihnen mit einer ebenso kurzen, abgehackten Bewegung, als mache er Gymnastik – er trat ein wenig beiseite, ließ die Soldaten vor – die holten die Kolonne ein und trieben mit ihren Gewehrkolben die Hinteren an –, wahrscheinlich musste das so sein, weil es viele Neuankömmlinge waren und man es bis zum Morgen schaffen musste, sie in den Wohnungen unterzubringen, damit die Soldaten sich auch ausruhen konnten, und die Kolonne beschleunigte den Schritt, viele nahmen die Kinder auf den Arm, weil die Kinder nicht so schnell laufen konnten – um auf die Wohnungszuweisung zu warten, brachte man die Neuankömmlinge in einem großen barackenähnlichen Raum unter, wo sich die Familien auf lange Holzbänke setzten, die an den Wänden standen –, manche holten aus den Reisetaschen Thermosflaschen mit noch warmem Kaffee hervor und gossen ihn den Kindern in ihre Plastiktassen, eine Frau zog einen Taschenspiegel heraus, betrachtete sich heimlich und rückte dabei ihre Frisur zurecht, direkt unter der Decke hingen an Metallseilen, wie im Zirkus, grell leuchtende vergitterte Glühbirnen – ein Offizier in Begleitung mehrerer Soldaten erschien im Raum – keiner hatte bemerkt, wie sie eingetreten waren –, sicherlich brachten sie die Wohnungszuweisungen – der Offizier und die Soldaten standen mitten im Raum – die

Soldaten in ihren langen schwarzen Militärmänteln, mit den Stahlhelmen und umgehängten Maschinengewehren etwas weiter hinten, und das verwunderte alle, denn keiner hatte vor wegzulaufen –, die Menschen dachten darüber nach, wie sie sich möglichst schnell für die Nacht einrichten könnten, und miteinander bekannte Familien oder solche, die sich gerade bekannt gemacht hatten, waren sogar bereit, die erste Nacht in einem Zimmer zu verbringen –, der Offizier stand breitbeinig in seinen auf Hochglanz gewienerten Chromstiefeln da, wippte auf den Absätzen hin und her, er trug um die Taille einen Gürtel mit Metallschnalle, auf der irgendwelche Worte eingraviert waren – die gleichen Worte standen auf den Schnallen der hinter ihm stehenden Soldaten, aber aus der Entfernung waren die Buchstaben schlecht zu erkennen, und die Kinder entschieden, das nachher zu erkunden –, mit hoher, abgehackter Stimme, in einer Sprache, die der jetzt am Kreuz Sterbende nicht verstand, sagte er etwas zu den Hunderten von Menschen, die in gespannter Erwartung zu ihm blickten – diese Sprache war ihre Muttersprache, sie sprachen seit ihrer Kindheit so, und ihre Eltern sprachen auch in dieser Sprache, und deshalb verstanden sie nicht gleich, was dieser korrekte Mann mit den auf Hochglanz gewienerten Chromstiefeln ihnen befahl – gewiss, natürlich, dass sie selbst nicht darauf gekommen waren? – nach der Reise muss man sich waschen, und wahrscheinlich wird man sie jetzt zum Bad bringen – sie machten ihre Koffer und Reisetaschen auf, um parfümierte Seife und Wechselwäsche hervorzuholen, aber wahrscheinlich hatten sie den Befehl des Offiziers doch nicht genau verstanden, denn er musste noch einmal wiederholen, was er gesagt hatte, und sie begannen sich gleich hier auszuziehen, vor aller Augen – so ging es wahrscheinlich einfacher und schneller, und Wäsche und Seife sollten sie auch nicht mitnehmen – die Männer zogen ihre Oberhemden aus und legten sie akkurat in den Koffer, die Frauen entkleideten die Kinder und drehten sich dann zur Wand, um Knöpfe und Reißverschlüsse zu öffnen – der Offizier mit der Pistole an der Seite wippte immer noch ungeduldig auf den Absätzen hin und her, unter der Decke brannten grell die vergitterten Glühbirnen – die Männer und Frauen standen, voneinander abgewandt, in Unterwäsche da und zögerten aus irgendeinem Grund, der runde Taschenspiegel fiel auf den Zementboden und kullerte irgendwohin, die Frau fand ihn wieder – zum Glück war er nicht kaputt, und sie legte ihn in den Koffer, damit er ihr nicht noch einmal herunterfiel, und nur die Kinder, völlig entkleidet oder nur in Leibchen mit schaukelnden Strumpfbändern, schmiegten sich an die Beine ihrer Mütter und betrachteten neugierig die Erwachsenen – der Offizier, der mitten im Raum stand, brüllte erneut die Befehlsworte mit hoher, sich überschlagender Stimme, als würde er mit einem Peitschenschlag die Luft zerteilen, wie das die Dompteure im Zirkus tun, um die Pferde hochzubringen, die sich entlang der Barriere hingelegt hatten, die Männer und Frauen standen immer noch voneinander abgewandt, entledigten sich ihrer Unterwäsche und verhedderten sich dabei in den Trägern und Bändern, aber plötzlich durchzuckte ihre Körper ein unbeherrschbares Zittern – sie standen nackt da –, noch vor einer Stunde hatten sich die Männer bei den Damen entschuldigt, wenn sie mit ihnen an der Toilettentür zusammengestoßen waren, und die Frauen hatten die Ränder ihres Morgenmantels fest zusammengehalten, wenn sie an ihnen vorbeischlüpften –, jetzt standen sie nackt da, schämten sich bereits nicht mehr, als sei das völlig natürlich, und nur ihre Körper durchzuckte ein Zittern, denn den Sinn dessen, was geschah, hatten ihre Körper eher begriffen als ihr Verstand – die Frauen standen leicht vorgebeugt und mit über der Brust gekreuzten Armen, so wie sie das tun, wenn sie unter der Dusche stehen, die Männer hatten ihre Hände unterhalb des Bauchs zusammengelegt, aber es war dennoch zu sehen, dass sie alle beschnitten waren, genauso wie Boris Lwowitsch und wie der jetzt sterbende, ans Kreuz genagelte Mann – sein Ohr nahm die hohe, schrille Stimme des römischen Zenturio wahr – die Stimme befahl, die Bewacher des Hügels nach vollendeter Hinrichtung nicht abzuziehen –, irgendwo dort, am Fuße des Hügels, das wusste er, standen die von den Speeren der Wachleute zurückgehaltenen bärtigen Menschen in ihren zerlumpten Kleidern, schützten sich mit den Händen vor der sengenden Sonne, blickten zum Gipfel des Hügels und versuchten, irgendetwas zu erkennen, aber die sich über dem mit Legionären übersäten Platz erhebenden drei Holzkreuze mit den an ihnen hängenden Körpern sahen wie Vogelscheuchen aus, und der Sterbende ertappte sich dabei, dass ihm dieser Gedanke unangenehm war – er wollte gern, dass sie ihn erkannten und von den anderen beiden unterschieden – in den Unterhaltungen mit ihnen hatte er das als »verführt werden« bezeichnet, und er hatte diese Worte häufig gebraucht, er hatte ihnen mehrmals gesagt, dass man sogar Almosen insgeheim geben müsse, so dass der Empfänger nicht weiß, wer der Geber ist, damit der Geber in seinem Herzen nicht verführt werde, aber warum hat er dann damals, als er im Boot stand, zugelassen, dass sie begeistert waren von seinem Können, und mit heimlicher Freude beobachtet, wie sie ihre Hände nach ihm ausstreckten, um ihn vor der drohenden Gefahr zu warnen? – eines Abends waren sie nach langer Pilgerreise in die Stadt gekommen, und die hungrigen Menschen ließen sich am Stadttor nieder, packten ihre Essensvorräte aus und wollten sich ans Essen machen, obwohl Erew Jom Kippur war und es besser gewesen wäre, darauf zu verzichten, damit man sie hier nicht verjagte, aber er konnte sich nicht entscheiden, es ihnen zu sagen, damit sie nicht dächten, seine

Worte stimmten nicht mit seinen Taten überein – in diesem Moment erschienen Menschen in langen weißen Gewändern mit Turban und einem hellblauen Gürtelband – kann sein, jemand hatte sie hierhergeführt – sie tauchten immer auf, als hätte der Erdboden sie ausgespien – er stand an die Mauer gelehnt da und sah mit gespielter Ruhe den auf ihn zukommenden Menschen entgegen –, die Hungrigen legten ihr Essen beiseite und blickten mal zu den auf sie Zukommenden hin, mal zu ihm – es wäre besser gewesen, sie hätten ihr Tun nicht unterbrochen – dass sie das nicht verstanden? – er ärgerte sich über sie und über sich selbst –, die Herankommenden umringten ihn und begannen mit ihren hohen, keifenden Stimmen auf ihn einzureden, sie unterbrachen sich gegenseitig und fingen an zu schreien, nur einer von ihnen, ein großer Dünner mit ausgeblichenen blauen Augen und zwei schlaffen Falten, die von seinem Kinn herabhingen und seinem Gesicht einen mürrisch-leidenden Ausdruck verliehen, stand schweigend abseits – allem Empfinden nach war er ihr Oberhaupt, denn während sie schrien und sich gegenseitig unterbrachen, warfen sie immer mal wieder einen Blick zu ihm, aber er verharrte in Schweigen, und der Barfüßige stand mit dem Rücken an die Mauer gelehnt da, schwieg ebenfalls und malte mit seinem schmalen Fuß etwas in den Sand, als denke er nach – er wusste, in solchen Fällen war es das Beste, zu schweigen, aber der große Mann mit den herunterhängenden schlaffen Falten – wahrscheinlich litt er an einer schweren Krankheit und hatte abgenommen, deshalb hatten sich diese zwei Falten gebildet, die wie zwei Vorhänge an beiden Seiten des Halses herabhingen – dieser Mann gebot den Redenden plötzlich mit einer Handbewegung Einhalt – seine Stimme war brüchig, und er sprach sehr leise – er zitierte die Worte von einem, auf den sich der Barfüßige mit den schmalen Fesseln oft berief, und diesen Worten konnte man schwer sofort etwas entgegnen – man musste überlegen, wie man das beim Schachspiel tut, wenn man einen unerwarteten Zug des Gegners parieren will –, die Männer mit den schwarzen Bärten und den zerlumpten Kleidern blickten voller Erwartung zu dem Barfüßigen mit den bloßen Fesseln, als habe der vor, jetzt ins Wasser zu steigen – »Wer nicht mit mir ist, ist gegen mich«, sprach er leise, blickte dabei in die Ferne und malte weiter mit seinem Fuß in den Sand –, die ihn Umstehenden schrien nicht – sie lächelten, sie lachten, sie lachten laut und hielten sich dabei die Bäuche unter den wackelnden weißen Gewändern – »Bist du unser König?«, fragte einer, ein Kleiner, Dicker mit rundem Gesicht und engen Schlitzen anstelle der Augen, und streckte den Arm nach seinem Gesicht aus, und sein Arm war erstaunlich lang, als fasse er nach seinem Kinn – sie waren bereits im Weggehen, lachten immer noch, hielten sich die Bäuche und schwenkten die Arme, als hätten sie einen Heidenspaß gehabt, und lediglich der große Dünne lachte nicht – er war zusammen mit den anderen im Weggehen, blieb einen Moment stehen und schaute den Barfüßigen an, als wolle er ihm etwas sagen, aber dann überlegte er es sich anders –, die Soldaten, die hinter dem Offizier standen, schienen nur auf diesen Moment gewartet zu haben – sie fingen an, die nackten Menschen mit den Gewehrkolben zusammenzutreiben, näher an die Tür heran – die Metallschnallen ihrer Gürtel waren jetzt genau auf Augenhöhe der Kinder, und die Kinder, die schon lesen konnten, entzifferten endlich die Worte, die in bekannter Frakturschrift auf den Schnallen eingraviert waren: »Gott mit uns« – das Herz des am Querbalken angenagelten Mannes schlug unregelmäßig, und hin und wieder hörte es auch auf zu schlagen, und jetzt hätten wohl selbst die großartigsten römischen Mediziner nichts mehr machen können, denn der Sterbende hatte viel Blut verloren –, die nackten Menschen wurden jetzt durch einen engen Gang zwischen zwei hohen Mauern getrieben, über die mehrere Reihen Stacheldraht gezogen waren – der feine Dezemberschnee taute auf den Schultern und Rücken der Laufenden, die von den Strahlenbündeln der Scheinwerfer beleuchtet wurden –, der Gang endete an der Mauer eines Hauses mit zwei hohen Schornsteinen, aus denen schwarzer Rauch quoll –, sogar am nächtlichen Himmel war zu sehen, dass er schwarz war – ja, natürlich, man brachte sie zum Bad –, man musste nur so schnell wie möglich diesen Gang passieren, um sich nicht zu erkälten –, die Männer und Frauen nahmen die Kinder auf den Arm, pressten sie an sich, damit sie sich nicht verkühlten, und diese ganze Marschkolonne sah aus wie der Exodus, wie er auf Gemälden dargestellt wird, allerdings waren dort Männer und Frauen in Kleider gehüllt, und nur die Kinder waren wie immer nackt – in der Mauer des Hauses, an dem der Gang endete, war eine schmale Öffnung zu sehen, und daneben stand ein Soldat, und als die Menschen durch diese Tür gingen, zählte der Soldat alle Eintretenden an den Köpfen ab, wobei er mit dem Gewehrkolben immer den Nächsten zurückhielt und das blendende Licht seiner Taschenlampe auf das Gesicht richtete, denn die Menschen beeilten sich, in den Raum zu kommen, um warm zu werden –, in einem im Kellergewölbe gelegenen Zimmer hatten zwei Gefreite sich ihrer schwarzen Jacken entledigt, sie akkurat über die Stuhllehnen gehängt, und sangen nun leise zweistimmig ein Weihnachtslied, dabei schmückten sie mit silbernem Bonbonpapier und goldenen Sternchen Tannenzweige, die sie am Vorabend abgesägt und in einen Zinkeimer gestellt hatten, in der gegenüberliegenden Zimmerecke aber glänzten Manometer aus Nickel, die mit dem Rohrsystem in der Wand verbunden waren –, jetzt wurden Männer und Frauen getrennt, und die Männer gingen mit den Söhnen und die Frauen mit den Töchtern zwei enge, weiß gekachelte und von vergitterten Glühbirnen erhellte Korridore entlang – am Ende jedes Korridors sah man eine Eisentür und die hell beleuchtete Aufschrift »Bad und Kleiderdesinfektion« mit einem Pfeil zur Tür hin –, nach dem Bad würden sie ihre Kleider zurückbekommen, die, während sie sich wuschen, bearbeitet würden, weil in Kriegszeiten besondere Hygiene notwendig war – wozu nur diese Idee mit dem gemeinsamen Entkleiden? Und wie sollten sie sich nun begegnen? – man würde so tun müssen, als kenne man sich nicht –, die zwei unteren Dienstgrade in ihren frisch gestärkten Hemden traten von den frisch duftenden Tannenzweigen zurück, die sie schmückten, sangen weiter vor sich hin, gingen zum entgegengesetzten Zimmerende, und einer von ihnen legte den nickelglänzenden Hebel um – der Zeiger des Manometers rückte auf die notwendige Ziffer –, sie beobachteten beide den Zeiger, denn einer könnte sich irren, und außerdem passten sie aufeinander auf – der Gasdruck war normal –, man konnte zum bescheidenen Weihnachtsessen zurückkehren, und so klopften sie sich kameradschaftlich auf die Schulter und lachten, in einem anderen Raum aber, der ebenfalls unter der Erde lag, stand eine ganze Brigade von Menschen in grauer Bauernkleidung an einem langen verzinkten Tisch, als erwarteten sie den Beginn eines Banketts, und bereiteten sich auf die Entgegennahme der nächsten Portion Haare vor –, eine Wolke bedeckte jetzt fast den ganzen Himmel, es war dunkel wie in der Abenddämmerung, und die drei Querbalken mit den an ihnen hängenden Körpern waren nur mühsam zu erkennen – ein Großteil der Menschen in den zerlumpten Kleidern, die am Fuße des Hügels gelagert hatten, war weggegangen, weil das Gewitter unvermeidlich war und sich ein Wind erhob, der gewöhnlich einem Gewitter vorausging, die ersten Tropfen fielen bereits auf die Gesichter und Arme der Menschen, und ebensolche Tropfen fielen auf die Schultern, Arme und die Brust des gekreuzigten Mannes, und da wurde ihm plötzlich bewusst, dass er schon lange Durst hatte –, ein Strahl durchsichtigen Wassers ergoss sich aus einem angekippten weißen Krug, der achtsam von einem Sklaven gehalten wurde, ein anderer Sklave hielt eine ebenso weiße Schüssel, obwohl man diese durchaus auf den mit Marmorplatten ausgelegten Absatz hätte stellen können –, zwei schmale weiße Hände mit langen Fingern, von denen einen ein Goldring mit Amethyst zierte, rieben verdrießlich einander und empfingen den Wasserstrahl wie eine Notwendigkeit – das Wasser in der Schüssel war ebenso durchsichtig wie das aus dem Krug und wahrscheinlich auch ebenso kalt –, man könnte Gesicht und Mund darin versenken, die Augen aufmachen und durch das schimmernde Wasser den makellosen weißen Boden sehen – das Gesicht des Mannes, zu dem man ihn heute morgen geführt hatte, erinnerte ihn dunkel an das eines anderen Mannes, aber ihm fiel nicht ein, zu wem es gehörte – dem Sterbenden am Querbalken schien, wenn ihm jetzt einfiele, wem genau dieser Mann ähnlich sah, dann würde sein Durst aufhören – der große Mann im weißen Mantel warf einem der Sklaven lässig das Handtuch hin und schritt zum Richterstuhl, und während er gemächlich und ein wenig gebeugt ging, schlug für einen Moment das rote Futter seines Mantels auf – er setzte sich nicht auf den Richterstuhl, sondern blieb daneben stehen, stützte sich müde mit den Ellenbogen darauf, wandte den Eintretenden sein Profil zu und sah niemanden an – der ihm zugeführte Mann mit auf den Rücken gebundenen Händen versuchte, seinen Blick zu erhaschen, aber der römische Würdenträger sah zur Seite –, vielleicht hätte er sogleich niederknien und die Hände gen Himmel richten sollen, wie es seine Vorfahren getan hatten, und dann würde er wieder von Stadt zu Stadt ziehen, begleitet von den Fischern, die ihm in gebührendem Abstand folgten, und die Bewohner der Städte und Siedlungen würden ihn sehen, stehen bleiben und sich etwas zuflüstern, ihn mit begeisterten Blicken begleiten, bis er hinter der Biegung verschwunden war, und er würde so tun, als bemerke er nichts, weil es ihm nicht zustand, irdische Ehrbezeugungen zu bemerken –, der römische Würdenträger blickte immer noch zur Seite – durch das weit geöffnete Fenster waren terrassenförmig angelegte Weinstöcke zu sehen und ein wolkenloser Himmel –, wer um Vergebung bittet, bekennt allein dadurch seine Schuld, und je inniger und erniedrigender das Gebet, desto größer ist die Schuld, die der Bittende bekennt –, nein, er sollte nicht niederknien, und er stand da mit auf dem Rücken gebundenen Händen und versuchte, den Blick des Würdenträgers zu erhaschen, auch das sollte er nicht tun – gewiss doch, das war das Gesicht des Dünnen mit den zwei traurigen Falten, der ihm etwas zum Abschied sagen wollte, aber sein Durst hörte davon nicht auf, vielleicht trog ihn auch sein Verstand – er spürte, wie man etwas Raues und Feuchtes zwischen seine Lippen schob, als wolle man ihm den Mund auswischen – er sog diese Feuchtigkeit auf, aber sie verbrannte ihm Zunge und Rachen, als habe man ihm eine brennende Fackel reingesteckt –, ein römischer Legionär warf achtlos die lange Lanze mit dem aufgespießten essiggetränkten Schwamm weg – jetzt bedeckte die Wolke den ganzen Himmel, aber das war schon keine Wolke mehr, sondern es waren lauter schwarze Rauchschwaden, und nicht irgendwo weit weg, sondern direkt vor sich sah der Sterbende riesige gewölbeartige Nischen, die voller nackter Körper waren – sich krümmend und aufrichtend umarmten sich Männer und Frauen wie in einem letzten Liebeskrampf, und viele Familien fanden wieder zusammen, und viele hätten neu entstehen können, aber in den quadratischen Räumen hinter den doppelten Eisentüren, die fest verschlossen und von außen mit Bolzen gesichert waren, damit auch nicht die geringste Menge Gas entwich, hinter diesen Türen stand in Erwartung warmen Wassers die nächste Gruppe von Menschen, und als diese Menschen merkten, dass ihnen die Luft knapp wurde, und sie begriffen, was das alles bedeutete, begannen sie zu schreien und ihre Münder aufzureißen, und in diesem ihrem Schrei versank der Schrei des am Kreuz gestorbenen Mannes – als Boris Lwowitsch und Tanja die Kirche verließen, ging die Sonne schon unter, so dass man die Kirche sehr gut von der anderen Seite hätte fotografieren können – ihre Kuppeln und Kreuze hätten sich scharf vom Himmel abgehoben –, aber aus irgendeinem Grund entschied Boris Lwowitsch, das nicht zu tun – Tanja hatte am Museumskiosk wieder einmal ein Buch gekauft und besah es sich jetzt abseits von den Exkursionsteilnehmern, die zu ihrem Leiter zurückgekehrt waren –, die ganze Gruppe ging gemächlich an der Klostermauer entlang in Richtung Bus, denn der Ausflug war beendet, aber der Reiseleiter hatte schon wieder die Finger seiner rechten Hand zusammengelegt, schwang sie in die Luft und blitzte mit dem gelblichen Weiß seiner Augen –, er zeigte mit der Hand irgendwohin nach oben und zur Seite – dorthin, wo auf einer Anhöhe, die die Stadt umgab und die jetzt von der untergehende Sonne beleuchtet wurde, inmitten von dunklem Grün und hoch darüber ein Pfeil aus weißem Stein zu sehen war – das Denkmal für die Opfer des Genozids – die Türken waren, bewaffnet mit Jataganen und Pistolen, eines Nachts aus den Bergen gekommen, hatten massenweise im ganzen Tal gestanden, waren in die Städte und Dörfer eingefallen und hatten fast ein Viertel der Bevölkerung dieses Landes niedergemetzelt, und vor ein paar Jahren nun waren junge Leute durch die Straßen der Stadt gezogen, in der Tanja und er jetzt waren, und hatten gefordert, ein Denkmal zu errichten, und die Besichtigung dieses Denkmals gehörte offiziell zum Touristenprogramm, und keiner wunderte sich darüber, und der Reiseleiter war wahrscheinlich selbst unter den Demonstranten gewesen, hatte seinen Arm in die Luft geschwungen, mit dem gelblichen Weiß seiner Augen geblitzt, sich aufgeregt und gefordert – am Rande der großen Stadt, mit ihren alten Kirchen und akaziengesäumten Straßen, war im lehmigen Boden am Ufer des breiten Flusses eine riesige Grube ausgehoben – Soldaten in langen schwarzen Militärmänteln standen dort in langer Reihe und richteten ihre Maschinengewehre auf eine ebenso lange Kolonne entkleideter Menschen, die in der Morgenkälte zitterten – nach jeder Salve aus den Maschinengewchren fielen die Menschen wie auf Kommando auf den Grubengrund in das eingesickerte braune Wasser, das sich allmählich rostrot färbte, dann wurde eine neue Menschengruppe herangeführt, auch die schlenkerten ungeschickt mit den Armen und zuckten am ganzen Körper, wie Marionetten aus einem

Puppentheater, und fielen unter den Salven der Maschinengewehre auf den Grubengrund –, sie wurden in geschlossenen Fahrzeugen herantransportiert, die auf denselben akaziengesäumten Straßen entlangfuhren, auf denen früher einmal die Prozessionen mit den Kirchenfahnen entlanggegangen waren – diese entkleideten Menschen waren Söhne und Enkel derjenigen, die die Leute am Ende der Prozession an den Bärten aus ihrem Haus gezogen, die die Fensterscheiben ihrer Häuser und Läden mit Pflastersteinen eingeschlagen hatten. Vor ein paar Jahren waren Boris Lwowitsch und Tanja irgendwo im Baltikum, sie hatten etwas zum Abendbrot eingekauft und gingen seelenruhig nach Hause – es war ihr erster Urlaubstag, und vor ihnen lagen noch viele solcher ruhigen, unbeschwerten Tage, so dass Boris Lwowitsch sogar auf der Straße das Gefühl hatte, er stünde im warmen Meer und würde seinen Rücken den ankommenden Wellen aussetzen – »Ich würde die alle erschießen und dann in die Grube«, hörte Boris Lwowitsch – sie wurden von zwei von der Arbeit heimkehrenden Männern überholt, die ihre schwarzen Arbeitsanzüge über der Schulter trugen – als sie Boris Lwowitsch überholten, warf einer von beiden, ein riesiger, breitschultriger Mann mit weißlichem Gesicht und gebrochenem Nasenbein, einen flüchtigen Blick auf ihn –, er sagte das laut zu seinem Kumpel, als bezöge sich das gar nicht auf Boris Lwowitsch, und Boris Lwowitsch schien es einen Moment lang, als habe er geträumt –, Tanja lief hinter ihm und hatte nichts gehört, und als Boris Lwowitsch, der jetzt nicht mehr das Gefühl hatte, im warmen Meer zu stehen, sondern ohne Unterhosen am Ufer, und alle sähen zu ihm hin, Tanja davon erzählte, wollte sie ihn beruhigen und meinte, dass sie das vielleicht über Spekulanten gesagt hätten, allerdings fügte sie aus irgendeinem Grund gleich hinzu, dass sich die Leute besonders über Mischehen aufregen würden und die Gäste in den Erholungsheimen dieses Kurorts ihre Plätze über die Gewerkschaft bekommen hätten – Boris Lwowitsch erkannte sie von weitem an ihren Hemden, die sie über der Hose trugen, an ihrem gemächlichen, gemütlichen Gang, den auch Busfahrer haben, die an der Endstation ihre Karte lochen gehen, während unzählige Menschen am Bus stehen und alle warten, dass der Fahrer die Tür öffnet, an den leeren, umherirrenden Blicken von Leuten, die nach einer Aufgabe für sich suchen –, in ebendieser Stadt redeten die Kurgäste, nachdem sie auf dem kleinen Platz zwischen Apotheke, Schnapsladen und Post aus dem Lautsprecher die Morgennachrichten gehört hatten, laut von »den Beschnittenen« und nannten das Land beim Namen, in dem sie leben – Boris Lwowitsch und Tanja mieden jetzt diesen kleinen Platz und gingen auf einem Umweg zum Meer, aber sogar am Strand, wenn jene Leute nur in Badehosen herumliefen, erkannte Boris Lwowitsch sie mit untrüglichem Gespür, wie das Wild den Jäger wittert – auf der lehmigen Erde, die sich längst gesetzt hatte und mit Gras überwachsen war, am Ufer des breiten Flusses, am Rande der großen Stadt, die bekannt ist für ihre alten Kirchen und die akaziengesäumten Straßen, hatten sich Menschen versammelt – ein paar Hundert – die Kinder und jüngeren Geschwister jener, die ungelenk hüpfend unter den Salven der Maschinengewehre in die Grube gefallen waren – die Menschen standen schweigend, keiner sagte etwas, aber es war an dem gleichen Tag, an dem ihre Väter und Brüder in Fahrzeugen hierhergebracht worden waren – auf der Chaussee, die hierherführte, sah man geschlossene Fahrzeuge – sie wendeten, fuhren an die zusammenstehenden Menschen heran und bremsten scharf – aus den geöffneten Türen sprangen Milizionäre mit fünfzackigen Sternen an den Mützen, die die Einheit der fünf Kontinente der Erdkugel symbolisierten –, sie umringten die Menschen, als wollten sie einen Tanzreigen vollführen, drängten die Versammelten zu den Fahrzeugen – der eine große Reigen teilte sich in kleinere, und die teilten sich in noch kleinere, und schon wurden die Menschen in die Fahrzeuge gestoßen –, die Fahrzeuge fuhren los, eins nach dem anderen, und rasten lautlos die Chaussee entlang in Richtung Stadt. Abends aber, nach der Besichtigung der üblichen Sehenswürdigkeiten, gingen Boris Lwowitsch und Tanja in ein Restaurant, das so hieß wie der Berg, dessen Schneegipfel zum Mittag schmolzen und am nächsten Morgen wieder da waren – genauso hieß die örtliche Fußballmannschaft, außerdem eine Zigarettensorte und ein Dienstleistungskombinat, das ständig wegen Renovierung geschlossen hatte –, in einem Keller mit niedriger Decke setzten sie sich an den äußersten Tisch, möglichst nahe beim Ausgang, denn nach Tanjas Beobachtung gingen nur Einheimische, eindeutige Nationalisten, hierher – von hinten aus dem Keller, wo eine kleine Bühne war, die Boris Lwowitsch nicht gleich gesehen hatte, weil man dafür etwas weiter hätte durchgehen müssen, waren die Klänge eines seltsamen Instruments zu hören – wehmütige, mit plötzlichen Pausen, so dass man den Eindruck hatte, jemand probierte das Instrument aus – Tanja versicherte, das seien die Klänge einer Zurna, Boris Lwowitsch war sich nicht sicher, aber er kannte keine andere Bezeichnung für dieses Instrument, Tanja aber hatte einige Jahre in Mittelasien gelebt –, an den Tischen saßen gedrungene, dunkelhäutige, gut angezogene Männer – sie legten ihre Finger so zusammen, wie das der Reiseleiter getan hatte, und tunkten sie in ein Gericht, das in der Mitte des Tischs stand – mal pfefferten sie etwas oder tauchten etwas in eine Soße oder nahmen irgendwelche Kräuter – auf ihren Tischen standen Weinflaschen und fremde Gerichte – sosehr sich Boris Lwowitsch und Tanja mit der Auswahl exotischer Bezeichnungen auch abmühten, sie bekamen immer eine Art Hackfleisch, das sich in nichts von gewöhnlichen Buletten unterschied –, die Kellnerinnen gingen mit abwesendem Blick an ihnen vorbei, nur hiesiges Brot wurde ihnen serviert – Boris Lwowitsch und Tanja nannten es überall Lawasch, obwohl es anders hieß, aber sie vergaßen jedes Mal die Bezeichnung, baten um Lawasch und ernteten einen noch abweisenderen Blick der Kellnerin –, um sich dafür zu rächen, versuchte Boris Lwowitsch jedes Mal, nach Beendigung des Essens die Reste des nicht aufgegessenen Lawaschs mitzunehmen, aber Tanja strafte ihn mit einem vernichtenden Blick – einmal hatte sie selbst ein Stück von diesem Lawasch in eine Serviette gewickelt und in ihre Tasche gesteckt – sie meinte einfach, Boris Lwowitsch sei nicht in der Lage, das unbemerkt zu tun –, in Gedanken setzte er sich mal zu der einen, mal zu der anderen dieser Männergesellschaften und stellte sich vor, er sei an ihrer Stelle – kaute etwas gemächlich, tunkte seine Finger in die Soße, besprach irgendwelche Geschäfte, diskutierte über die neuesten Nachrichten oder den Tod eines gemeinsamen Onkels Churen, aber der Gedanke daran, dass er sich verstellte, ging ihm nicht aus dem Kopf, und dann fuhren sie im überfüllten Bus in ihr Hotel – der Bus oder Trolleybus quälte sich die endlos lange Straße hoch, die das Stadtzentrum mit dem höchsten unsichtbaren Punkt von Norartakir verband – die Leute kehrten von der Arbeit heim mit Aktentaschen und Einkäufen, an unbekannten Haltestellen stiegen sie ein und aus, denn es war schon ganz dunkel, wie im Herbst in Moskau, wenn Boris Lwowitsch von der Arbeit zurückkam –, hier im Süden wurde es sogar noch früher dunkel –, sie starrten angestrengt ins Dunkel, um die Haltestelle nicht zu verpassen – Boris Lwowitsch stand auf einem Bein, weil das zweite keinen Platz hatte, schirmte Tanja mal von hinten, mal von vorn ab und traute sich nicht, jemanden zu fragen, wann ihre Haltestelle käme, damit sich Tanja nicht ärgerte –, sie hatten auch Taschen mit Lebensmitteln zum Abendbrot und Frühstück dabei, so dass man denken konnte, sie lebten und arbeiteten hier, aber alle, die im Bus waren, fuhren zu sich nach Hause – sie würden ihre Einkäufe auspacken, mit ihren Familienmitgliedern über die neuesten Nachrichten sprechen, und dann würden sich alle zum Mittag oder Abendbrot an einen runden Tisch unter einem großen Lampenschirm setzen, Boris Lwowitsch und Tanja aber müssten ins Hotel fahren, sich ihren Zimmerschlüssel geben lassen und leise über den Flur gehen, um die Nachbarn nicht zu wecken, und sich am Tag mit angehaltenem Atem Kirchen und Museen anschauen, an denen die hier lebenden Menschen vorbeigingen, ohne sie zu bemerken, als wären es Laternenpfähle –, sie betraten ihr Zimmer und legten sich hin – jeder auf sein Bett, und Boris Lwowitsch setzte seine Brille auf, um sich eine Warze auf seinem Bauch zu betrachten – sie saß oben rechts vom Bauchnabel – er hatte sie am ersten

Abend nach ihrer Ankunft entdeckt – sie konnte nicht innerhalb eines Tages entstanden sein – also hatte er sie vorher übersehen – sie hob sich ein ganz klein wenig von der Hautoberfläche ab, er berührte mit dem Finger ihre raue Oberfläche –, Tanja versicherte ihm, das sei eine Kleinigkeit, und er war ebenfalls der Meinung, aber dennoch untersuchte er sie jeden Abend mit bibberndem Herzen und fühlte, ob sie nicht größer geworden war – scheinbar nicht, er löschte das Licht, stellte sich das Kofferradio mit der ausgezogenen Antenne, wie beim Sputnik, auf die Brust – das Kofferradio drückte mit seinem Gewicht auf die Brust, und Boris Lwowitsch bekam Herzrhythmusstörungen, aber dafür konnte er besser hören – »Tanja, hörst du, was sie sagen? Wie findest du das? Hörst du? Sag mal, schläfst du schon?«, Boris Lwowitsch streckte seinen Arm über die enge Ritze, die ihre Betten trennte, und zog Tanja am Arm, an den Haaren, ja rüttelte an ihrer Schulter, denn wie konnte man bei so was einschlafen? –, Tanja maulte, zog sich die Decke über den Kopf und schnarchte leise vor sich hin, Boris Lwowitsch aber schaltete das Radio aus und stellte es auf den Läufer neben dem Bett, damit man es jeden Moment anschalten konnte, er lauschte dem entfernten Getöse von Motoren, das mal anschwoll, dann wieder abebbte –, irgendwo über der Stadt und über dem Hotel, am bodenlosen nächtlichen Himmel flogen Flugzeuge – sie flogen, schwer beladen, in gleichmäßiger

Kette, ein Flugzeug nach dem anderen, hielten die Abstände ein, und deshalb war ihr Getöse mal lauter, und mal verschwand es, aber vielleicht trug der Wind die Geräusche einfach in eine andere Richtung – die Flugzeuge flogen mit abgedunkelten Positionslichtern, deshalb war es sinnlos, in den Himmel zu gucken –, manchmal ging ihr Getöse in Brummen über, wie im Krieg, aber die Richtung, in die sie flogen, war offensichtlich – nach Süden, bevor Boris Lwowitsch das Geräusch der ersten Flugzeuge hören konnte, befanden sie sich bereits über fremdem Land und hatten die schlafende Stadt im Talkessel, deren unzählige Lichter glitzerten, und den markanten Berg mit seinen jetzt unsichtbaren Schneegipfeln hinter sich gelassen –, die Piloten mit ihren Kappen kontrollierten mit ausdruckslosen blassen Gesichtern an den Geräten den Kurs – alles war richtig – Südwesten –, in einer Stunde oder vielleicht sogar früher würden die Flugzeuge auf einem fremden Flugplatz landen, der ebenfalls in Dunkel gehüllt sein würde, und aus ihrem Bauch würden Waffen und Panzer mit dem fünfzackigen Stern auf der Panzerung rollen und Kisten mit Munition ausgeladen werden und dunkelhäutige, kraushaarige Menschen, die Boris Lwowitsch irgendwie ähnlich sahen, würden mit diesen Geschossen Menschen umbringen, die genauso aussahen wie Boris Lwowitsch – das Getöse der unsichtbaren Flugzeuge, die in unendlichen Ketten flogen, war bald näher, bald ferner, und Boris

Lwowitsch schien es, als läge er nicht im Hotel in einem weichen Bett, sondern auf der heißen, staubigen Erde des kleinen Landes – er lag auf dem Rücken unter der brennenden Sonne, war von oben zu sehen, und man konnte ihn mit einer Maschinengewehrgarbe durchlöchern, aber er konnte sich nicht bewegen, wie das nur im Traum vorkommt.

IV Die Vertreibung

An diesem Tag hatten sie besonderes Glück. Als sie beim Reisebüro ankamen, stand da schon ein frisch gewaschener, völlig leerer Bus – der Fahrer ließ sie einsteigen, und ihnen schwirrte fast der Kopf von den vielen freien Plätzen und der Möglichkeit der Wahl – sie schubsten sich gegenseitig, zankten ein bisschen, weil Tanja vieldeutig zum Fahrer hinnickte, der in eine Zeitung vertieft war, probierten zwei oder drei Plätze aus und setzten sich schließlich auf die Schattenseite, und diese Seite blieb auch während der ganzen Fahrt im Schatten. Das Fenster war nur etwas heruntergelassen, so dass es nicht zog und sie dennoch frische Luft atmeten –, als sie aus der Stadt herausfuhren, waren auf ihrer Seite lauter Berge, keine hohen, mit Gras und kleinen Büschen bewachsen – in dieser Höhe wuchs wahrscheinlich gar nichts mehr, denn obwohl sich die Stadt, in der sie jetzt wohnten, in einem Talkessel befand, lag dieser Talkessel selbst weit über dem Meeresspiegel, und jetzt fuhren sie schon zu einem Ort im Hochgebirge, und die Chaussee müsste allmählich, aber stetig ansteigen, obwohl das mit bloßem Auge nicht zu sehen war – die Täler und das Plateau zwischen dem Bus und den Bergen waren mit Steinen übersät – runden, polierten, so groß wie Pflastersteine oder Findlinge – manchmal lagen auch Steine auf den Bergen, besonders an ihren Füßen –, der Reiseleiter, ebenfalls ein dunkelhäutiger junger Mann, erzählte, die Legende besage, als Gott die Welt erschuf, warf er Steine, aber er schleuderte sie nicht einfach in eine Richtung, sondern warf mit den Steinen um sich, wie das der Sämann mit den Samenkörnern tut oder jemand macht, der Karten verteilt – gleich mit mehreren, mit ausschweifender Armbewegung und sich dabei um die eigene Achse drehend –, auf diese Weise kamen die kleinen Steine, zu denen auch Findlinge gehörten, hierher, denn er warf sie von hier aus, und die größeren fielen auf das Territorium der Nachbarrepublik, deshalb gab es dort hohe Berge, das widersprach jedoch den Gesetzen der Physik, und vielleicht hatte Boris Lwowitsch deshalb etwas falsch verstanden, und alles war andersherum, denn die Natur der Nachbarrepublik war fruchtbarer und schöner, hier war alles rauer, aber majestätischer –, der Reiseleiter erwähnte das wie nebenbei, als erwarte er kein großes Verständnis oder wolle seine

Gefühle nicht preisgeben –, bei einem Halt ging Boris Lwowitsch zu ihm hin – der Reiseleiter stand an der offenen Bustür, die ihn vor der Sonne schützte, während die Touristen träge in der Nähe herumspazierten und aus irgendeinem Grund den Erdboden mit den Füßen abtasteten – ja, natürlich, er kannte die Arbeiten dieses Regisseurs sehr gut und nannte sogar einen seiner Filme, den Boris Lwowitsch nicht kannte, aber in Moskau lässt man den Regisseur nicht arbeiten, und jetzt hat er vor, hierher, in seine Heimatstadt, umzuziehen. »Hörst du, Tanja?« Sie stand neben ihm. »Ich habe dir gleich gesagt, dass er alles versteht«, meinte Tanja, als sie zur Seite gingen, »ich bin sogar sicher, dass er in Moskau studiert hat«, fuhr sie fort, »er sieht sogar einem gemeinsamen Bekannten von uns ähnlich. Sag bloß, du weißt nicht, wem?« Boris Lwowitsch zuckte unbestimmt die Schultern, aber sein Herz klopfte vor Schreck, denn Tanjas Augen sprühten in solchen Fällen Funken, die Boris Lwowitsch nicht kannte, manchmal auch mit einem Hauch von Verachtung ihm gegenüber, als habe er etwas nicht bemerkt, was alle anderen bemerkten, und dieses etwas betraf ihn und Tanja –, ihm fiel nicht ein, wem der Reiseleiter ähnelte, aber den ganzen übrigen Teil der Fahrt betrachtete er ihn als Gleichgesinnten, noch dazu einen, der in Moskau studiert hatte, und war darum bemüht, Tanjas Blick zu erhaschen –, sie hörte dem Reiseleiter so zu, wie sie ihm zuhörte, wenn er ihr vor dem Einschlafen Feuchtwanger vorlas, und in dieser ihrer angespannten Aufmerksamkeit war etwas, was mit ihm, Boris Lwowitsch, nichts zu tun hatte, und das kränkte ihn, umso mehr als der Reiseleiter genauso war wie alle anderen Reiseleiter und genauso abgedroschene Sachen von sich gab –, der Bus hielt ein paar hundert Meter vor dem Berg, der der End- und Höhepunkt des Ausflugs sein sollte, weil hier bereits das Naturschutzgebiet begann und man nicht weiterfahren durfte – die Teilnehmer der Exkursion gingen in langer Reihe am Seeufer entlang in Richtung Berg – vor ihnen, schon direkt am Aufstieg, sah man eine weitere Reihe von Menschen, die aber schon in Grüppchen standen, auf dem Berg erblickte man bereits sich auflösende Grüppchen, sogar einzelne Paare, die umherliefen, und einzelne Personen, und dann kehrten die Reisegruppen ungeordnet, weil sie das Interesse an den Reiseleitern verloren hatten, zum Parkplatz zurück –, Boris Lwowitsch stolperte über Steine, die unter seinen Füßen umherflogen, und lief ganz hinunter zum Seeufer, kniete sich hin und duckte sich auch noch, ja lag fast, so dass die Wasseroberfläche in der Höhe seiner Augen war, und fotografierte den See mit einem großen rauen Findling im Vordergrund, damit auf dem Bild die Weite zu spüren war, anschließend überholte er die Gruppe, damit keiner ihm vor dem Objektiv herumsprang, stieg den Berg hoch und knipste den See von oben, danach zwei

Kirchen, die wegen ihres Alters bekannt waren – zuerst die eine, dann die andere und wieder die erste – in der Kirche war es dunkel und leer, und eine schläfrige Frau saß Wache – der erdige Boden und die steinernen Mauern verströmten Feuchtigkeit, der Putz war abgeblättert, so dass den an den Wänden abgebildeten Heiligen mal die Nase, mal der Arm oder ein Teil des Körpers fehlte, aber all das erahnte man eher, weil kaum Licht ins Innere drang –, den Worten des Reiseleiters zufolge sollten demnächst Restaurationsarbeiten beginnen –, Boris Lwowitsch stieg bis auf den höchsten Punkt des Bergs – er war sogar höher als das Kreuz auf der Hauptkirche –, von hier aus waren die Berghänge und der See, fast wie ein Meer, mit seinem kaum zu erkennenden gegenüberliegenden Ufer zu sehen –, dort im Dunst musste der Berg mit den zwei Schneegipfeln liegen, die Boris Lwowitsch und Tanja allmorgendlich vom Balkon ihres Hotels aus sahen, aber dort war der Berg nah, und deshalb war es kein Wunder, dass sie ihn sahen, von hier aus jedoch waren es mehr als hundert Kilometer – das heißt, er war wirklich sehr hoch –, Boris Lwowitsch konnte ihn nicht sehen, aber ihm schien, er könne durch den Dunst hindurch seine Konturen erkennen – er stand auf dem höchsten Punkt des Bergs – keiner war so hoch hinauf gestiegen –, die Exkursionsteilnehmer gingen um die Kirchen herum, schlenderten an den Hängen entlang, aber bis hier war nur er allein gestiegen – er fing an, wild mit den Armen zu fuchteln, damit Tanja ebenfalls hierherkam – so etwas kriegte sie nie wieder zu sehen! –, sie einigten sich irgendwo auf die Mitte zwischen Kirche und dem höchsten Punkt des Bergs, wo Boris Lwowitsch stand – Tanja atmete schwer nach dem Aufstieg, sie war rundlich geworden und in letzter Zeit kurzatmig, manchmal auch ohne Grund – Boris Lwowitsch hielt ihr den Fotoapparat vor die Augen, damit sie sich überzeugen konnte, wie das Bild aussehen würde – sie blickte nicht gern in den Sucher, wenn er den Apparat hielt, und wollte das lieber selbst machen, aber Boris Lwowitsch glaubte immer, dass sie das nicht richtig machte, und außerdem wollte er, dass sie genau die Aufnahme sah, die er ausgesucht hatte, und auf dem Rückweg war auf ihrer Seite, die auch im Schatten lag, weil die Sonne inzwischen auf der gegenüberliegenden Seite stand, ein kleiner Fluss – nicht sehr breit, mit Steinen, die im Mittellauf zu erkennen waren, wahrscheinlich hätte man ihn zu Fuß durchqueren können – es war derselbe Fluss, den Boris Lwowitsch in der Stadt auf der Fahrt ins Hotel gesehen hatte – sämtliche Reiseleiter behaupteten, es sei ein Gebirgsfluss mit einer sehr tückischen Strömung, wie sie allen Gebirgsflüssen eigen ist, und er hatte einen sehr berühmten und leicht zu merkenden Namen, aber wer weiß, warum, Boris Lwowitsch vergaß ihn immer wieder – »So eine Datsche hätte ich gern«, sagte Tanja und schaute irgendwohin in die

Ferne, auf die andere Seite des Flusses – schon als sie gerade geheiratet hatten, blieb sie abends gern vor dem großen Haus stehen, das ihrem Hof schräg gegenüberstand – im Fenster eines der oberen Stockwerke, vor dem keine Gardine hing, hatte sie eine Lampe erspäht – »Das wäre mein Traum«, hatte sie gesagt und dabei geseufzt, und genauso hatte sie davon geträumt, ein Auto zu gewinnen oder ein Häuschen zu kaufen, irgendwo weit weg von der Stadt und den Menschen, und dort das ganze Jahr über zu wohnen –, zu diesem ersten Haus, in das sie kurz nach der Hochzeit eingezogen waren, ging er oft über die Hinterhöfe – sie lebten damals in einer Gemeinschaftswohnung mit vielen Mietern, und in der Küche wurde ständig bis spät in die Nacht gebraten oder gewaschen, und unter der verrußten Decke brannte im Dampf und Qualm eine Glühbirne – es war Winter, und das Licht wurde früh angeschaltet –, zwei oder drei Höfe vorher konnte er bereits sein Haus sehen – immer zuerst die fensterlose Wand, die stufenweise in den gemauerten Schornstein überging, einen normalen Schornstein – eigentlich waren es mehrere Schornsteine, aber von der Häuserwand aus schien es einer zu sein, und wenn man genau hinsah, stieg vor dem Sternenhimmel im Januar aus diesen Schornsteinen immer Rauch auf – die Sterne waren leicht in Rauch gehüllt – das Haus wurde kräftig beheizt, und er wusste, dass Tanja ihn schon erwartete – er zog die Handschuhe aus und roch an seinen Handflächen – sie rochen nach dem Parfüm »Weißer Flieder« – das war Tanjas Parfüm, und er bemühte sich, diesen Geruch bis zum Abend zu bewahren – bei der Arbeit oder in der U-Bahn hatte er diese Ziegelwand seines Hauses mit dem vom Dach herabhängenden Schnee und dem Schornsteinrauch im Kopf, aber wenn er nach Hause ging, hatte er sie vergessen, und dann stand sie unerwartet vor ihm, und der Moment, da er sich an diese Wand mit den gemütlich rauchenden Schornsteinen erinnern sollte, war bereits vorbei, dann aber wurde ihm auf einmal klar, dass er schon mehrere Jahre verheiratet war und einfach das Zeitmaß verloren hatte, wie das oft bei Abendgesellschaften geschieht, wenn sich herausstellt, dass es bereits fast Morgen ist und Zeit, heimzugehen, oder im Zug, wenn dieser mit schwindelerregender Geschwindigkeit dahinrast, du das aber erst bemerkst, wenn der Zug langsamer fährt – wahrscheinlich wurde das alles Glück genannt –, die Datsche, die Tanjas Begeisterung hervorgerufen hatte, stellte sich als umzäunte Gruft heraus – auf der anderen Seite des Flusses, auf einer Anhöhe, lag ein großer Friedhof, der einer Siedlung mit Straßen und Häusern glich, sicherlich auch mit Familiengrüften, sie mussten lange wegen dieser Datsche lachen, und Tanja wiederholte immerzu »Dreimal auf Holz klopfen!«, und Boris Lwowitsch zog sie auf und sagte, die Datsche sei gar nicht so schlecht – in der Stadt zurück, beschlossen sie, nicht ins

Restaurant zu gehen, sondern bei sich im Hotelzimmer zu essen – sie kauften Lebensmittel, und Boris Lwowitsch stellte sich mitten auf die Straße und hob den Arm, als würde er den Verkehr stoppen wollen – sie setzten sich in einen schwarzen Wolga, der angehalten hatte – Boris Lwowitsch vorn, neben den Fahrer, als sei das sein Privatwagen, und Tanja hinten, sie warf achtlos die Einkäufe auf den Sitz, so wie das die Ehefrauen von hohen Funktionären machen – sie überholten Trolleybusse und Busse, die sich den Berg hochschleppten, Straßenbahnen, die an Haltestellen standen und an denen Menschentrauben hingen, und fuhren vor ihrem Hotel vor, es war noch hell –, gegenüber dem Hoteleingang stiegen sie aus, schlugen lässig die Wagentüren zu und betraten sogleich das Hotel – Boris Lwowitsch durchquerte mit dem souveränen Gang eines hohen Funktionärs die halbdunkle, kühle Hotelhalle, Tanja ging etwas hinter ihm mit den Einkäufen, so wie sich das gehört für die Ehefrau eines Mannes, der eine verantwortungsvolle Position bekleidet – als er bereits die Treppe hochging, wurde ihm bewusst, dass die Frau an der Rezeption etwas zu ihm gesagt hatte –, sie war irgendwo da unten, im Halbdunkel, während er mit dem lässigen Gang des Besitzers eines eigenen Wolga die teppichbedeckten Stufen hochstieg, etwas hinter ihm ging Tanja – noch machte sich ihre Kurzatmigkeit nicht bemerkbar – die Frau an der Rezeption sprach mit unglaublich starkem Akzent, aber was sie gesagt hatte, hatte unmittelbar mit ihnen zu tun – morgen seien es sechs Tage, dass sie hier wohnten –, das wusste er auch ohne sie und hatte heute früh sogar das Geld bezahlen wollen für die restlichen vier Tage, die sie noch in dieser Stadt sein würden, denn ihre Flugtickets hatten sie bereits gekauft, um in die Hauptstadt der Nachbarrepublik zu fliegen, wo sie schon das Hotel gebucht hatten, und von dort aus müssten sie dann nach Moskau zurückkehren, jedoch weshalb erinnerte sie ihn daran, dass ihre Aufenthaltsdauer abgelaufen sei? – und jetzt fiel ihm ein, dass der Türke mit dem Fez, derselbe, der sie an ihrem Ankunftstag in Empfang genommen und der gestern auch Dienst gehabt hatte, ihm gestern ebenfalls etwas vom Ende der Aufenthaltsdauer gesagt hatte, er aber seinen Worten keine Beachtung geschenkt hatte, weil er die Wörter schrecklich verhunzte und sich von Anfang an feindselig gegenüber Boris Lwowitsch und Tanja verhalten hatte – warum kümmerten sie sich alle so um ihn? – er wusste auch so, wann sechs Tage um sind. »Du musst hingehen, mit der Frau reden und gleich bezahlen«, sagte Tanja – sie stand neben Boris Lwowitsch auf den Treppenstufen mit den Einkäufen in der Hand und atmete schwer –, sie waren irgendwo zwischen der zweiten und der dritten Etage stehen geblieben, Boris Lwowitsch ging runter zu der Frau an der Rezeption – er sagte, er habe gestern schon bezahlen wollen, es aber nicht geschafft, und als sie heute morgen hier vorbeigingen, war keiner da –, sie sah an ihm vorbei, so wie das nur Frauen am Hoteltresen können, aber vielleicht hatte sie auch einfach nicht verstanden, was er gesagt hatte – er holte sein Geld raus – zwanzig, dreißig, vierzig – wie viel hatte er für die verbleibenden vier Tage zu bezahlen? – sie reisen am neunundzwanzigsten ab –, sie sah weder zu ihm noch zu den Geldscheinen, die er aus seiner Innentasche hervorholte, wobei er die Geldscheine mit den Tickets für den morgigen Ausflug zu einem heidnischen Tempel, der in der Nähe der Stadt in einer malerischen Gegend liegen sollte, verwechselte –, nein, sie kann nichts machen, auf der Reservierung steht eindeutig – sechs Tage –, zur Hoteldirektorin? – bitte schön, ihr Zimmer ist in der zweiten Etage – er rannte zu sich ins Zimmer –, Tanja legte die Lebensmittel aus der Tasche auf den Tisch und das Fensterbrett – das alles schien jetzt so sinnlos wie Zähneputzen vor der Verkündung des Todesurteils. »Was nun?«, sie wurde blass, als er ihr davon erzählte – mit zitternden Händen kramte er die Flugtickets von unten aus dem Koffer hervor. »Nimm deinen Kollegiumsausweis mit!« – er war bereits im Hinausgehen –, den Ausweis hatte er stets bei sich, in der hinteren Hosentasche – ein hartes Büchlein mit Foto und der Aufschrift »Moskauer Rechtsanwaltskollegium« – in diesem miesen Hotel stiegen nicht so oft Mitglieder des Moskauer Rechtsanwaltskollegiums ab –, er ging bereits die Treppe hinunter, immer noch nach dem harten Büchlein fühlend –, »Wo ist das Zimmer der Direktorin?« Ja, er weiß, in der zweiten Etage, aber ist das hier die zweite? Also noch eine Etage tiefer – auf einem Sofa in der Halle saßen ein paar Leute, wohl Frauen, und unterhielten sich in aller Ruhe, daneben auf einem Stuhl noch jemand – eine leise Nachmittagsunterhaltung von Leuten, die niemand aus dem Hotel jagte. »Wo ist die Direktorin?«, fragte Boris Lwowitsch, weil das nun die zweite Etage war – niemand antwortete ihm, aber eine der auf dem Sofa sitzenden Frauen unterbrach nach einer Weile unwillig ihre Unterhaltung und schaute ihn an – sie trug ein unscheinbares Kleid oder Kostüm, ihr Gesicht war grau und faltig, wie bei älteren Frauen, auf denen Familie und Haushalt lasten, doch Boris Lwowitsch begriff gleich, dass das die Direktorin war, weil sich um sie herum ein leerer Raum gebildet hatte und er schon niemand anders sah als sie. »Ich bitte Sie sehr«, sagte Boris Lwowitsch und zog das harte Büchlein aus seiner Tasche, in der anderen Hand hielt er die Flugtickets – seine Hände zitterten. »Ich werde aufgefordert, das Zimmer frei zu machen, aber ich habe Flugtickets, und außerdem bin ich Mitglied des Moskauer Rechtsanwaltskollegiums«, er hielt ihr mal das Büchlein, mal die Tickets hin, aber sie guckte, wie die Frau an der Rezeption, bereits wieder an ihm vorbei. »Ich kann da nichts machen«, sagte sie ruhig, als setze sie die Unterhaltung fort, die durch sein Erscheinen unterbrochen worden war, »morgen fängt die Konferenz der Gesellschaft ›Wissen‹ an, bei uns sind alle Zimmer reserviert.« Sie sprach fast akzentfrei, aber ihr Gesicht, umrahmt von drahtigen grauen Haaren, war das typische Gesicht einer alten Frau aus dem Orient. »Ich bin selbst Mitglied der Gesellschaft ›Wissen‹!«, platzte Boris Lwowitsch heraus und erinnerte sich an das blaue Büchlein, das man ihm vor ein paar Jahren in die Hand gedrückt hatte, und daran, wie man ihn gebeten hatte, einen Vortrag zu halten, und er sich gerade noch so hatte herauswinden können, und er wollte sogar der Direktorin davon erzählen, damit sie begriff, wie weit er über der Gesellschaft »Wissen« stand. »Dann bitten Sie die darum, sollen die Ihnen ein Zimmer besorgen«, sagte sie vollkommen ungerührt, als ginge es um irgendwelche Nebensächlichkeiten, die nichts mit Boris Lwowitsch zu tun hatten, und als wäre es nicht er, den man vor die Tür setzte. Plötzlich sah er sich in der Rolle eines Bittstellers mit zitternden Händen vor der Direktorin stehen, sah, wie Tanja und er ihre Koffer aus dem Hotel schleppen und ihr Zimmer von Mitgliedern der Gesellschaft »Wissen« belegt wird, gewöhnlichen Dummköpfen, die hergekommen waren, um es sich gut gehen zu lassen, oder vielleicht auch von Kriminellen, während Tanja und er draußen unter freiem Himmel stehen, weil sie nicht wissen, wohin; sogar in der Zeitung wurde von solchen Fällen berichtet. »Das heißt, wir werden wie Hunde auf die Straße gejagt, und dafür bringen Sie Ihre Leute unter!«, das war bereits eine direkte Beschimpfung der Machtorgane, und man könnte ihm dafür sogar etwas anhängen – die Direktorin taxierte ihn mit einem Blick, dieses Mal schon mit einer Spur von Neugier, und jemand von den Leuten, die sich unterhalten hatten, blickte ihn ebenfalls an – ihm schien, ein Militär oder ein ehemaliger Militär, aber in Uniform und mit Ordensspangen. Er ging zurück ins Zimmer – es dunkelte wohl schon, aber sie machten kein Licht, als wäre ihre Anwesenheit hier bereits illegal –, der Boden schwankte merkwürdig unter Boris Lwowitschs Füßen, als befänden sie sich auf einem Dampfer – wahrscheinlich waren das Krämpfe der Hirngefäße. »Mach das Licht an, verdammt noch mal!«, brüllte Boris Lwowitsch, als könne das etwas an ihrer Lage ändern – an allem war Tanja schuld, weil es in dieser Stadt, wie in vielen anderen Städten und Republiken auch, Leitungen oder Verwaltungen gab, die der Moskauer Hauptverwaltung unterstellt waren, in der Tanja arbeitete, und die Leute, die in diesen lokalen Verwaltungen arbeiteten und von der Hauptverwaltung abhängig waren, ihnen jedes Hotel hätten organisieren und sich obendrein hätten geehrt fühlen können –, einmal hatte man ihnen in einem Erholungsort so ein Hotel organisiert – das war das Hotel »Intourist«, das beste in der Stadt, und Boris Lwowitsch konnte dieses Zimmer im »Intourist« bis heute nicht vergessen, und am Flugplatz hatte man sie sogar mit einem Wolga abgeholt und ins Hotel gebracht wie ehrwürdige Ausländer oder hohe Funktionäre, und der Portier hatte ehrfurchtsvoll seinen Kopf gesenkt und ihnen die Tür geöffnet, und ihre Koffer trugen ihnen die Leute hinterher, die sie abgeholt hatten, und mit der Frau an der Rezeption mussten sie nicht einmal reden – einer von denen, die sie abgeholt hatten, hatte bereits alles geregelt, und sie bekamen gleich den Zimmerschlüssel, und auch die Frau auf dem Flur erhob sich ehrfurchtsvoll, als sie in Begleitung der lokalen Chefs, die ihre Koffer trugen, zu ihr traten, Tanja aber war strikt dagegen, so Urlaub zu machen, weil ihr Vorgesetzter hatte fallen lassen, dass sie nun mit ganzen Kolonnen von Walzstrecken oder anderen Maschinen dafür bezahlen müsse – das war natürlich ein Scherz, weil alle aus ihrer Verwaltung so Urlaub machten, und außerdem fand Boris Lwowitsch nichts Schlimmes daran, selbst wenn sie irgendeine Maschine mehr dorthin geschickt hätte – immerhin wäre das nicht in ihrer Tasche gelandet, sondern dem Staat zugutegekommen, aber Tanja wollte nicht einmal über dieses Thema reden, und jetzt warf man sie wegen ihrer idiotischen Dickköpfigkeit auf die Straße – sie hörte Boris Lwowitsch schweigend mit gesenktem Kopf zu –, im Schein der Lampe erschien ihm ihr Gesicht blass und ihre Stimme war seltsam belegt, als sie auf ihn einredete, sich hinzulegen – wahrscheinlich hatte sie Angst um ihn –, er stellte sich vor, wie man ihn ins Krankenhaus schaffte und Tanja draußen blieb, noch dazu ohne Geld, weil der Scheck auf seinen Namen ausgestellt war – wieder schwankte der Boden unter seinen Füßen –, er legte sich hin, und Tanja ging die Reinemachefrau suchen, eine alte Frau, die gut Russisch sprach, wahrscheinlich keine von hier – Tanja meinte, sie werde ihnen helfen –, Tanja kam mit rätselhafter Miene ins Zimmer zurück – die Reinemachefrau hatte versprochen, etwas zu tun, allerdings nur vage, aber sie hatte es versprochen und sogar gesagt, dass sie zu ihnen ins Zimmer käme – den Rest des Abends horchten sie auf Schritte im Flur, aber die Reinemachefrau kam doch nicht, und Tanja lief wieder los, um sie zu suchen – die Reinemachefrau war nirgends – vielleicht war sie losgegangen, um mit der Frau an der Rezeption oder sogar mit der Direktorin höchstpersönlich über sie zu sprechen –, erneut lief Tanja los, um sie zu suchen – die Reinemachefrau war spurlos verschwunden –, wahrscheinlich war sie einfach schlafen gegangen, aus dem Nebenzimmer jedoch, dessen Tür auf ihren gemeinsamen Balkon führte, dröhnte orientalische Musik, als hätte sich dort ein ganzes Orchester niedergelassen, und es roch nach Schaschlik wie aus einem Restaurant – wahrscheinlich feierten irgendwelche Einheimischen eine Orgie – an diesem Abend vergaß Boris Lwowitsch sogar, seine Warze auf dem Bauch zu begutachten, und stellte auch sein Radio nicht an.

V Die Rache

Die Kassen von Aeroflot hatten gerade erst geöffnet, aber an jedem Schalter hing bereits eine Menschentraube – Tanja stellte Boris Lwowitsch an der Seite ab, neben dem Flugplan, nahm ihm die Tickets und Pässe aus der Hand und ging damit irgendwohin, denn Boris Lwowitsch verwechselte die Tickets mit anderen Papieren, und aus seinem Pass flatterte immer mal wieder der Scheck und segelte wie ein Flugblatt durch die Luft – er hatte in der Nacht zwar geschlafen, aber das war kein richtiger Schlaf gewesen, sondern ein gewaltsames Eintauchen in den Schlaf, du spürst dabei, wie die Zeit vergeht –, Tanja hatte sich auch von einer Seite auf die andere gewälzt, als störte sie irgendwas, obwohl es im Nachbarzimmer still geworden war – wahrscheinlich ging die Party jetzt im Bett weiter – die dunkelhäutigen, behaarten Einheimischen hielten die angereisten Blondinen, unerschütterliche Frauen aus dem Norden, in den Armen und entfachten ihr Feuer, wie es irgendwo bei Puschkin heißt, und in der Zimmermitte, direkt auf dem Fußboden, schwelten die Reste des Schaschliks vor sich hin wie ein erloschenes Lagerfeuer, und daneben standen leere Weinflaschen und ein Tonbandgerät mit gerissenem Band – die Einheimischen waren bestimmt zu zweit, weil es ein Zweibettzimmer war, genauso eins, wie es Boris Lwowitsch und Tanja hatten, und außerdem brauchte man für eine Orgie mindestens vier Personen – die Frauen aus dem Norden stöhnten leise und krallten sich mit den Fingernägeln in die muskulösen, behaarten Rücken der Einheimischen, draußen aber graute schon der Morgen –, Tanja wälzte sich von einer Seite auf die andere, am Haken über dem Kopfende von Boris Lwowitsch baumelte friedlich sein Fotoapparat, im Schrank hingen Boris Lwowitschs Oberhemden und Tanjas Kleider, in den Fächern lag akkurat zusammengelegt ihre Wäsche –, man musste schlafen, denn Tanja musste in aller Frühe die Koffer packen – vielleicht hätten sie Glück und könnten die Tickets für heute umtauschen, ja, schon für heute, denn die Nacht war bald vorbei, und dann wären sie bereits heute Abend oder heute Nacht in Moskau, bei sich zu Hause – das schien so unwahrscheinlich wie ein Flug zu einer anderen Galaxis –, der Schlaf, in den Boris Lwowitsch eintauchte, war wie eine Operation unter schwacher Narkose, wenn einem nichts wehtut, man aber alles begreift und fühlt –, am Morgen gingen sie wie immer nach draußen, als würden sie wieder zu einem Ausflug eilen – bis zum letzten Moment, während Tanja noch packte, schien es Boris

Lwowitsch, die Reinemachefrau müsse gleich zu ihnen ins Zimmer kommen und erklären, alles sei in Ordnung, oder die Frau von der Rezeption oder sogar die Direktorin persönlich, und sie würde sich für ihr Verhalten entschuldigen, und er fuhr jedes Mal zusammen, wenn hinter der Tür Schritte zu hören waren, und als sie durch die Hotelhalle gingen, sah er lange und hasserfüllt die Frau an der Rezeption an, die noch nicht abgelöst worden war, aber sie hob den Kopf gar nicht – wahrscheinlich war es ihr doch peinlich –, draußen durchfuhr Boris Lwowitsch ein leichter Kälteschauer, obwohl die Sonne schon hoch stand und es wahrscheinlich angenehm war wie jeden Morgen um diese Zeit, wenn sie hinaustraten –, die Straßen waren gesprengt, vielleicht hatte es auch in der Nacht etwas geregnet –, sie stiegen in den Trolleybus und fuhren die endlose Straße hinunter, wie sie das jeden Morgen getan hatten, und in den Trolleybus stiegen die Leute genauso ein und genauso aus und hatten es eilig, zur Arbeit zu kommen, so dass es Boris Lwowitsch einen Moment lang schien, nichts sei passiert und das alles sei nur ein Traum gewesen –, Tanja kam mit den Pässen und den Tickets zurück – heute war nichts mehr mit Umtauschen zu machen – nur am Flugplatz, vor dem Start –, sie verließen das Gebäude der Aeroflot-Vertretung und gingen, ohne sich abzusprechen, in Richtung der Straße, in der sich die Tanja unterstehende Verwaltung oder Leitung befand –,

Tanja hatte bereits vor ein paar Tagen das Gebäude mit dem Firmenschild entdeckt – sie war sogar stehen geblieben, um Boris Lwowitsch das Schild zu zeigen – er hatte sogar einen Augenblick lang den Eindruck gehabt, dass sie nichts dagegen hätte, reinzugehen, aber das rührte nur an die unverheilte Wunde von Boris Lwowitsch, und er hatte Tanja mit dem üblichen Schwall wütender Vorwürfe überschüttet –, jetzt liefen sie zu dieser Straße, und Tanja hatte eine entschlossene und zugleich abwesende Miene aufgesetzt – so sah sie aus, wenn sie zusammen ins Meer gingen und Tanja schwimmen wollte – Boris Lwowitsch konnte so gut wie nicht schwimmen, und wenn es tief wurde, achtete er darauf, sich in Tanjas Nähe aufzuhalten, und versuchte sie zu bewegen, an einer Stelle zu bleiben, damit er sich an ihr wie an einer Boje orientieren konnte, aber sie schwamm immer gleich los, als existiere Boris Lwowitsch überhaupt nicht – sie guckte nicht einmal in seine Richtung, und genau diesen Gesichtsausdruck hatte sie, wenn Boris Lwowitsch sie küsste, und das machte Boris Lwowitsch Angst, weil er in diesen Momenten annahm, sie habe irgendein Geheimnis vor ihm – ein paarmal warf sie einen flüchtigen Blick auf Boris Lwowitsch, in dem vielleicht Sorge um seine Gesundheit lag, vielleicht aber auch um den Zustand seines Anzugs, doch in diesem Blick, genauer, ganz am Rande davon, da, wo die Pupille in die Netzhaut übergeht, schimmerte etwas von Verachtung für Boris

Lwowitsch, als könne er sie nicht vor jemandem beschützen, der sie in ihrer Ehre gekränkt hatte, oder als habe er sie sogar selbst, eigenhändig, in die Arme dieses Beleidigers gestoßen und fordere jetzt von ihr, dass sie sein, Boris Lwowitschs, Handeln oder sogar seinen Mut als richtig anerkenne. Zehn Minuten später stand er bereits mit pochendem Herzen unter dem Schild am Eingang zu der lokalen Verwaltung und wartete auf Tanja, die nach oben gegangen war, weil auf jeder Etage irgendeine andere Institution saß – Tanja erschien nicht – er hatte keine Ahnung, ob das ein gutes Zeichen war oder ein schlechtes – er hielt es nicht länger aus und ging hinein – ein Mädchen kam die Treppe herunter und klapperte dabei mit den Absätzen wie eine Sekretärin. »Sind Sie der Mann von Tatjana Lwowna?«, fragte sie freundlich und respektvoll, »entschuldigen Sie, dass es so lange gedauert hat, Sie werden dort erwartet.« Er folgte ihr, ein bittersüßer Kloß stieg in ihm hoch, fast so wie damals, als er in Gedanken mit Tanja den Schneegipfel besteigen wollte und die ruhigen, braun gebrannten Menschen mit den klaren Augen ihnen ihre Hände hinhielten – eine Sekunde lang sah er sich wieder in der Rolle des erbärmlichen Bittstellers vor dem Sofa, auf dem die Direktorin mit den Frauen von der Rezeption und ein paar ausgewählten Stammgästen des Hotels gesessen hatte – sie thronte da wie ein Scheich unter seinen heuchlerischen Dienern –, ihm schien sogar, sie würde etwas stricken, und da streckte er ihr mit zitternden Händen seine Papiere hin, sie aber würdigte sie keines Blicks, auch ihn nicht, Tanja hatte zu diesem Zeitpunkt noch Hoffnung –, er wird diese Frau mit dem faltigen grauen Gesicht noch zwingen, sich an ihn zu erinnern – bei der Abreise aus dem Hotel wird er mit seinen Koffern und in Begleitung der hiesigen Chefs, deren Namen allein ihren Atem stocken lassen würde, in ihr Zimmer treten, damit sie Bescheid wusste! – in dem kleinen verqualmten Zimmer ging es hoch her – Tanja saß mit dem Rücken zum Fenster an einem Schreibtisch, wahrscheinlich war es der Tisch des Vorgesetzten, weil er der größte war und so am Fenster stand, dass der, der daran saß, alle Mitarbeiter im Auge hatte –, zwei oder drei Männer bemühten sich eifrig um Tanja – einer von ihnen, vielleicht sogar der Chef oder sein Stellvertreter, telefonierte, das Telefon stand auf dem Tisch, an dem Tanja saß – sicherlich wegen des Hotels für sie, und der andere Mann, ebenfalls irgendein Mitarbeiter, rannte in eine andere Abteilung – sicherlich auch, um zu telefonieren –, Boris Lwowitsch wurde wie ein Ehrengast auf einen Stuhl gesetzt – der Stuhl wurde aus dem Nebenzimmer gebracht –, in den Pausen zwischen den Telefonanrufen und der Rennerei in die Nachbarabteilung scherzten die Männer ehrerbietig mit Tanja, die hier nicht mehr Tanja, sondern Tatjana Lwowna war, was Boris Lwowitsch seltsam vorkam –, Tanja entschuldigte sich für die Störung, und sie fragten sie nach gemeinsamen Bekannten, wahrscheinlich nach Moskauer Mitarbeitern, und machten ihr ebenso ehrerbietig Vorwürfe, weil sie sich nicht gleich an sie gewandt hatte. »Er hat mich deswegen auch ausgeschimpft«, Tanja nickte zu Boris Lwowitsch hin, und er begann eifrig zu erzählen, wie er Tatjana Lwowna gebeten und wie sie abgelehnt hatte und wie sie aus dem Hotel gejagt worden waren und was das für eine Schweinerei sei, und Tanja regte sich auch auf, und sie alle pflichteten ihm und Tanja bei, aber nebenher waren sie mit eigenen Dingen beschäftigt – einer raunte dem anderen etwas zu, der Chef oder sein Stellvertreter telefonierten nach wie vor, jemand aus der Nachbarabteilung kam herein, und jemand anders ging leise hinaus – als seien unerwartet Gäste hereingeschneit, die man unterhalten musste, aber man hatte nichts da, um sie zu bewirten, so dass man schnell etwas besorgen musste, doch die Läden in der Nähe hätten geschlossen, und das alles musste besprochen werden, und gleichzeitig durfte man die Gäste nicht vergessen, und plötzlich begriff Boris Lwowitsch, warum sich Tanja für die Störung entschuldigt hatte –, eine halbe Stunde später fuhren sie in einem Wolga, den jemand extra für sie organisiert hatte – einer der hiesigen Chefs begleitete sie, aber Boris Lwowitsch und Tanja gingen selbst ins Hotel – Boris Lwowitsch riss wütend die Eingangstüren auf – zuerst die äußere, dann die innere, er warf sich mit seinem ganzen Körper dagegen und hielt sie extra nicht fest, damit sie laut zuschlugen – Tanja und er gingen, mit Koffern beladen, die Treppe hinunter –, die Zimmertür hatten sie sperrangelweit offen gelassen – sollten alle sehen, dass sie hinausgejagt wurden, ihnen war das egal – unten wartete der Wolga mit dem hohen hiesigen Chef, und man würde sie in einem guten Hotel unterbringen, für Auserwählte, und nicht in so einem Rattenstall für Mitglieder der Gesellschaft »Wissen« oder für Touristen, die wegen ihrer Reservierung im Moskauer Reisebüro Schlange gestanden hatten – Boris Lwowitsch stieß, blind für alles vor ihm, mit dem Koffer die Tür auf und stolperte ins Direktionszimmer, das sich allerdings als das der Sekretärin herausstellte, und die Sekretärin sagte ihm, die Direktorin sei jetzt beschäftigt, worüber er sich im Innern sogar freute, ja, und Tanja hatte ihm die ganze Zeit gesagt: »Warum hast du das nötig?« und lief jetzt, ohne auf ihn zu warten, mit den Sachen nach unten, und das Auto konnten sie auch nicht so lange stehen lassen.

Das Hotel, zu dem sie gebracht wurden, trug den Namen der Republik, in der sie sich befanden, und stand direkt im Stadtzentrum – ein besonderes Hotel für Leute mit Beziehungen, wie Boris Lwowitsch es erwartet hatte – mit alten Löwen und Kamin in der Halle und sogar mit den Resten eines Springbrunnens, und der sie begleitende örtliche Chef ging selbst zu der Frau an der

Rezeption und brachte ihnen die Formulare zum Ausfüllen – genauso wie damals in dem Hotel des Erholungsorts, wo sie ebenfalls durch einen Bekannten von Tanja untergebracht worden waren, und als Boris Lwowitsch und Tanja ihr Zimmer betraten, das wie ein altes Boudoir aussah, hielt Boris Lwowitsch sogar die Luft an angesichts des ganzen Luxus, und der große, mit einem verzierten Eisengitter umzäunte Balkon ging auf eine der Hauptstraßen der Stadt hinaus – breit, von Bäumen gesäumt und mit gelbem Laub übersät – auf dieser Straße gab es nicht einmal Fahrzeugverkehr –, auf ihrer ganzen Breite flanierten massenweise Spaziergänger, weil sich hier die besten Geschäfte und Cafés befanden –, Boris Lwowitsch und Tanja waren diese Straße ganze zwei- oder dreimal entlanggelaufen, aber das war ihnen in Erinnerung wie ein Traum – so unerreichbar schien sie ihnen damals, und jetzt ging ihr Balkon direkt auf diese Straße hinaus, und man hatte den Eindruck, ja, man hörte geradezu, wie das Laub unter den Füßen der Spaziergänger raschelte, und von hier aus war es nur ein Katzensprung bis zu dem wichtigsten Platz im Zentrum mit den berühmten singenden Wasserspielen, die man sich abends anschauen und anhören musste, weil sie dann in verschiedenen Farben beleuchtet wurden, aber zu dieser Zeit waren Boris Lwowitsch und Tanja meist auf dem Weg zum Hotel gewesen, und jetzt war das alles ganz nah, und man konnte am Abend spazieren gehen und sich unter die Leute mischen, jetzt könnte man auch rausgehen und wieder zurückkommen und dann nochmals rausgehen. »Tanja, wie schön! Sieh mal!«, schrie er ihr vom Balkon aus zu, und da sie nicht herauskam, schaute er ins Zimmer – sie saß bei den noch nicht eingeräumten Sachen und weinte –, sie weinte immer irgendwie seltsam – mit zusammengekniffenen Augen und so fest zusammengepressten Lidern, als habe jemand vor, sie ihr mit Gewalt zu öffnen, und dabei liefen ihr die Tränen wie einem Baby aus der Nase, und sie weinte, ebenfalls wie ein Baby, mit hoher und kläglicher Stimme, als täte sie das absichtlich. »Hör auf!«, sagte Boris Lwowitsch verärgert, weil es hier so schön war und Tanja ihm die Stimmung verdarb. »Hör sofort auf!«, brüllte er fast, aber Tanja bedeckte ihr Gesicht mit den Händen, als würde sie sich noch mehr gegen jeden Versuch verteidigen, ihre Lider zu öffnen –, er versuchte, ihr die Hände vom Gesicht zu ziehen, doch sie schüttelte den Kopf und weinte mit noch höherer und kläglicherer Stimme. »Ich bitte dich, hör auf«, er stand vor ihr mit hängenden Armen und wusste nicht, was er tun sollte. »Diese scheußliche Stadt ... wären wir bloß nicht hierhergefahren ... ich will gar nichts«, brach es unter Schluchzen aus ihr heraus – das war seine Frau, Tanja, und sie weinte, weil man sie aus dem Hotel geworfen hatte und weil sie hatte gehen und um etwas bitten müssen, und für sie war das erniedrigend, und er, Boris Lwowitsch, ihr Gatte, ein gestandener Mann, Dozent, Mitglied des Moskauer Rechtsanwaltskollegiums, dem der Pförtner ehrerbietig die Tür öffnete, wenn er das Gerichtsgebäude betrat, und den der Milizionär grüßte, er hatte nichts tun können, und sie wurden wie Hunde auf die Straße gesetzt, und er hatte gebeugt, als Bittsteller vor der Direktorin gestanden und ihr sein Büchlein und die Flugtickets hingehalten, sie aber hatte nicht einmal in seine Richtung geguckt, und heute war er auch nicht zu ihr gegangen, um sie an seine Existenz zu erinnern, und all das ging dieser Frau glatt durch, und sie würde weiter so hochherrschaftlich zwischen ihren Untergebenen thronen mit ihrem welken, erdgrauen Gesicht. Auf einem kleinen Intarsientisch stand zwischen den beiden altertümlichen Betten, die für ihn und Tanja vorgesehen waren, ein Telefon - auch ein altertümliches, mit langem Hörer wie zu Edisons Zeiten - das Beste wäre, zu sagen, die Staatsanwaltschaft sei am Apparat - er hatte sogar irgendwo das Gebäude mit der großen schwarzen Schrifttafel am Eingang gesehen - ja, uns ist gemeldet worden, und die Staatsanwaltschaft bittet zu untersuchen, und dann würde die Direktorin hektisch werden und anfangen, nach Boris Lwowitsch zu suchen, und würde nicht mehr hochherrschaftlich und seelenruhig zwischen ihren Untergebenen thronen, dann würde sie rote Flecken im Gesicht bekommen, vielleicht aber auch kreidebleich werden - all das war Unsinn, weil sie überall Bekannte sitzen hatte und sofort fragen würde, wer am Apparat ist, und überhaupt hatte sie gegen kein Gesetz verstoßen – das Beste wäre, sich vorzustellen und sie einfach mit Mutterflüchen zu überschütten, aber dann würde sie ihn bei all ihren Bekannten wohl noch ausfindig machen, und man könnte ihn zur Verantwortung ziehen –, ein paarmal, wenn Tanja aus dem Zimmer ging, wählte er die ersten beiden Ziffern, aber dann kam Tanja wieder herein – einmal hatte er sogar die ganze Nummer gewählt, doch keiner hatte abgenommen – wahrscheinlich war dort der Arbeitstag schon zu Ende –, sein Herz klopfte lauter als das Tuten im Telefon, und wenn er den Hörer auflegte, schien ihm sogar, dass er am anderen Ende eine Stimme gehört hatte, aber vielleicht hatte es einfach nur geknackt, und außerdem wusste er nicht, was er sagen sollte –, nach dem Essen ging er mit Tanja durch die Straße, zu der ihr Balkon zeigte, – alles war unmittelbar nebenan, ganz nah – an den Tischen in den Cafés saßen Leute, und vor den Auslagen mit den Lebensmitteln drängten sich ebenfalls Kunden, aber sie warf keiner aus dem Hotel, und sie hatten das verbriefte Recht, all das zu genießen, Tanja und er hatten heute allerdings einen Bückling vor Tanjas Untergebenen machen müssen, damit man ihnen eine Unterkunft besorgte, hatten ihnen erzählen müssen, dass man sie aus dem Hotel geworfen hatte, und ihre Tickets für den Ausflug zu dem heidnischen Tempel waren verfallen, und an alldem war die alte Frau mit dem ausgeblichenen Gesicht schuld und zusammen mit ihr alle diese Einwohner hier, die in den Cafés saßen oder die Straßen entlangflanierten, Boris Lwowitsch machte spitze Bemerkungen über sie, Tanja jedoch schwieg, weil sie schon lange, von Anfang an begriffen hatte, dass dies eine scheußliche Stadt war, aber Boris Lwowitsch hatte das erst jetzt verstanden –, am Abend, als er im Bett lag, dachte Boris Lwowitsch wieder an seine Warze – er befühlte sie – sie hatte eine raue Oberfläche und war blassgrün – übrigens war sie in diesen Tagen nicht größer geworden, und überhaupt hatte er sie bestimmt schon lange –, beim Einschlafen tauchte plötzlich wieder das Gesicht der Direktorin vor ihm auf – erdig-grau mit Falten –, jetzt wusste er, was er ihr sagen sollte, und er sah, wie sich ihr Gesicht mit roten Flecken bedeckte oder blassgrün wurde und wie der Boden unter ihren Füßen schwankte und wie sie in die Poliklinik rannte, um sich einen Termin beim Arzt zu holen –, vom frühen Morgen an war das Telefon der Direktorin ständig besetzt gewesen, und dann, als er mit Tanja zu Aeroflot gegangen war, um die Tickets zurückzugeben, weil Tanja nicht mehr in die Nachbarrepublik fliegen wollte – sie stand an, um die Tickets zurückzugeben –, war Boris Lwowitsch einige Male zu den beiden Telefonzellen gelaufen, aber keine von ihnen funktionierte, und später auf dem Weg zum Bahnhof hatte er keinen Fernsprecher ausgelassen, und

Tanja hatte ihn eigentlich kaum gefragt, wen er anrufen wollte – vielleicht hatte sie es geahnt oder sogar befürwortet – am Bahnhof gelang es ihnen, für ein geringes Aufgeld Fahrkarten für den internationalen Wagen zu bekommen – sie würden im Zweierabteil direkt bis Moskau reisen, und jetzt wohnten sie im besten Hotel, mitten im Zentrum, aber um das alles in vollen Zügen genießen zu können, musste er die Direktorin anrufen, und je mehr Gründe er fand, um sich glücklich zu fühlen, desto dringender wurde dieses Bedürfnis – auf der Straße sah er nur Telefonzellen, freie und besetzte, funktionierende und kaputte –, hin und wieder entfernte er sich kurz von Tanja und rief an, aber es war besetzt, oder es ging keiner ran, oder das Telefon war kaputt – am besten war es natürlich, von einer Zelle anzurufen, denn wenn er aus dem Hotel anrief, würde sie gleich, ohne den Hörer aufzulegen, herausfinden, wo er sich aufhielt, doch sie waren bereits zu Hause angekommen –, Boris Lwowitsch setzte sich aufs Bett und wählte – sein Herz klopfte wie wild. »Ja, Ruta Iwanowna ist an ihrem Platz«, sein Herz rutschte ihm in die Kniekehlen und schlug noch heftiger, weil er trotz allem gehofft hatte, die falsche Nummer gewählt zu haben. »Ja, bitte«, vernahm er wie üblich und erkannte sofort ihre Stimme. »Ich habe mich sehr gefreut, Sie vorgestern kennengelernt zu haben«, begann er mit gespielter Höflichkeit, »Sie werden sich wahrscheinlich nicht an mich erinnern«, fuhr er im gleichen Tonfall fort, als rede er mit einem Kollegen, »ich bin Mitglied des Moskauer Rechtsanwaltskollegiums.« – »Ja, ja«, sagte sie unsicher, so dass unklar blieb, ob sie sich an ihn erinnerte oder nicht. Noch war es nicht zu spät, den Hörer aufzulegen. »Also, Sie haben mich aus dem Hotel geworfen«, platzte er unfein heraus, jetzt war der Rückzug bereits abgeschnitten. »Ich bin Gerichtsmediziner«, begann er erneut und schraubte sich auf die vorherige Tonlage hoch, doch sein Herz pochte so laut, dass er die eigenen Worte nicht vernahm. »Ich bin Gerichtsmediziner«, wiederholte er und schnappte nach Luft, »ich habe bei meiner Arbeit mit Leichen zu tun.« Jetzt war ihm, als rede nicht er, sondern jemand anders, als spiele das alles auf einer Bühne und er sei lediglich anwesend. »Was hat das alles damit zu tun?«, noch eine Sekunde und sie würde den Hörer hinwerfen, aber gleichzeitig nahm er in ihrer Stimme eine merkwürdige Irritation wahr, ja sogar Angst, als wäre sie von einer Menge aus dem Irrenhaus Entlaufener umzingelt, dennoch vermochte sie nicht, den Hörer aufzulegen. »Folgendes: Ich brauche einen Menschen nur anzusehen, um eine Diagnose zu stellen«, sagte da schnell einer auf der Bühne, und Boris Lwowitsch hörte mit pochendem Herzen zu. »Sie haben Krebs«, sagten die auf der Bühne, »und Sie müssen sich behandeln lassen«, fügte er schon von sich aus hinzu, um das, was auf der Bühne gesagt wurde, irgendwie abzumildern und zugleich, damit sie an ihm, Boris Lwowitsch, als Fachmann aus der Hauptstadt, der ihr, wenn er wollte, helfen könnte, interessiert wäre, und deshalb musste sie es als besonders verhängnisvollen Fehler empfinden, dass sie ihn aus dem Hotel geworfen hatte. Eine seltsame Stille herrschte im Hörer, aber eine gespannte, als betrachte man die Person am anderen Ende der Leitung unter einem Röntgenapparat, und Boris Lwowitsch kam es sogar vor, als höre er das Atmen der Ärzte, die sich über den Apparat beugten. »Ja, ich weiß das«, sagte die, die untersucht wurde, mit müder oder deprimierter Stimme, und Boris Lwowitsch wollte noch etwas sagen, aber jemand riss ihm den Hörer aus der Hand – das war Tanja –, sie warf den Hörer auf die Gabel und stand mit blassem, wie gepudertem Gesicht neben ihm. »Was hast du getan, mein Gott?«, schrie sie, bedeckte ihr Gesicht mit den Händen und fing an zu weinen – es war ein fast klägliches Wimmern, als habe man sie beleidigt. »Ich wäre ein guter Arzt! Meine Diagnose war richtig!«, Boris Lwowitsch triumphierte, sprang vom Bett hoch, auf dem er saß, und versuchte, Tanja die Hände vom Gesicht zu reißen, aber statt Jubel überkam ihn selbst ein merkwürdiges Zittern –, er trat auf den Balkon – unten flanierten massenweise Spaziergänger über die breite, von Bäumen gesäumte und mit gelbem Laub übersäte Straße – es war zwölf Uhr mittags, aber die Sonne war dunstverhangen, weil das Hotel, in dem sie jetzt wohnten, mitten im Zentrum lag, in einem Trichter, wie die Reiseleiter sagten, hier sammelten sich sämtliche Auspuffgase.

Am Abend gingen er und Tanja sich die singenden Wasserspiele anschauen. Sie traten aus dem Hotel, als es bereits dunkel wurde, und als sie zu dem Platz kamen, war das Spektakel in vollem Gange. Wasserstrahlen, in verschiedenen Farben –, Rot, Blau, Grün – angeleuchtet, sprangen mal kräftig hoch nach oben, mal fielen sie wieder in sich zusammen oder verschwanden ganz, und all das wurde von Musik begleitet – mal von orientalischer, mal von der Appassionata, bei der es aus unerfindlichen Gründen quietschte – wahrscheinlich war die Platte abgenutzt, und auf dem Höhepunkt der Melodie, da, wo sie besonders zu Herzen geht, sprangen die roten Strahlen kräftiger hoch und die blauen und grünen versiegten –, die Wasserstrahlen verwandelten sich in pulsierende Arterien, dann wechselten die Farben – die Melodie erklang nun in Dur – der Platz um die Wasserspiele war voller Spaziergänger – die wechselnden Farben der Wasserspiele beleuchteten ihre Gesichter, die dunklen Gesichter der Einheimischen –, es war ein für sie gewohnter Ort, an dem sie sich trafen, sich zum Rendezvous verabredeten oder einfach spazieren gingen, und die Kinder saßen auf den Absperrungen der Wasserspiele, baumelten mit den Beinen, und die seltenen weißen Gesichter gehörten Soldaten, das waren wohl Grenzer, die Mützen mit grünem Schirm aufhatten – wahrscheinlich hatten sie Ausgang und waren hergekommen, um die Wasserspiele zu bewundern –, sie waren hier Fremde, Zugezogene, doch die Farben der Wasserspiele wechselten auf ihren Gesichtern genauso wie auf den Gesichtern der Einheimischen, und sie lauschten genauso aufmerksam der Musik, auch der hiesigen, der nationalen, und Boris Lwowitsch fühlte sogar etwas Gemeinsames mit diesen Menschen – wahrscheinlich sprachen sie genauso gut Russisch wie er und Tanja – nach der Besichtigung der Wasserspiele lag Boris Lwowitsch auf seinem hohen altertümlichen Bett im Hotelzimmer, richtete sich ein wenig auf, setzte die Brille auf die Nase und betrachtete die Warze auf seinem Bauch – sie hatte eine merkwürdig grüne Farbe und war in den letzten beiden Tagen vielleicht sogar etwas größer geworden – nein, sie war eindeutig größer geworden, und er sah, wie sich tief in ihrem Innern unweigerlich die Zellen vermehrten und wie diese Zellen anfingen, in das normale Gewebe einzudringen und sich über die Gefäße auf andere Organe auszubreiten, und es war unmöglich, diesen Prozess zu stoppen, weil das alles vorprogrammiert war, und plötzlich sah er vor sich das faltige graue Gesicht der Frau, die sich in ein graues Stricktuch hüllte, ihren Magen – Boris Lwowitsch war der Meinung, dass sie auf jeden Fall Magenkrebs hatte – der Tumor, grüngelb und wie ein Blumenkohl, nahm schon fast ihren ganzen Magen ein, und sie konnte kaum noch etwas essen, weil die

Nahrung nicht mehr hindurchging, und nach dem Essen, auch wenn es noch so leicht war, wurde ihr übel, und sie lebte die ganze Zeit mit dieser Übelkeit, sogar nachts wurde sie davon nicht verschont, und sie aß von unsauberem, schlecht abgewaschenem Geschirr, weil das Geschirr hier generell schlecht abgewaschen wird –, er spürte einen Anfall von Übelkeit, als zerfiele der Blumenkohl in seinem Magen –, seine Warze würde wahrscheinlich die Strafe sein für das, was er dieser Frau gesagt hatte –, plötzlich klingelte das Telefon, das große, altertümliche aus Edisons Zeiten, das auf dem Nachttisch zwischen den Betten stand –, das Klingeln war lang anhaltend, das heißt, es war ein Ferngespräch –, Tanja nahm den Hörer – es war Boris Lwowitschs Mutter aus Moskau – Tanjas Gesichtsausdruck wurde sogleich abwesend wie im Trolleybus oder in der Straßenbahn, wenn Boris Lwowitsch nicht wusste, von welcher Seite er sie abschirmen sollte – von vorn oder von hinten –, Andrej will heiraten? Ist nachts nicht zu Hause? Inna? Ja, in letzter Zeit war er oft bei ihr, aber weder Boris Lwowitsch noch Tanja hatten sie je zu Gesicht bekommen. »Das ist alles das Werk deiner Mutter«, sagte Tanja und legte verbittert den Hörer auf die Gabel, »sie hat ihn mit ihrem Gemecker so weit gebracht.« Tanja setzte sich auf ihr Bett, Boris Lwowitsch ihr gegenüber, ließ den Kopf sinken und hämmerte mit einem Fuß auf den Fußboden. »Übrigens gut möglich, dass das auch ihre Idee ist«, sagte Tanja, und ihr Gesicht nahm einen noch kälteren und abwesenderen Ausdruck an. »Was meinst du, ist meine Warze schlimm? Ist das vielleicht die Strafe für die Geschichte mit der Direktorin?« – »Er will heiraten, um auszureisen«, sagte Tanja und schaute immer noch nach unten, auf den Boden, als befinde sich dort aller Rätsel Lösung. »Nur deshalb«, sagte sie noch mal voller Überzeugung, »und wenn du es wissen willst, genau das ist die Strafe«, setzte sie mit einem Blick auf Boris Lwowitsch hinzu, und in ihren Augen blitzten einen Moment lang die Fünkchen Verachtung ihm gegenüber auf, die er schon kannte – er konnte lange nicht einschlafen, befühlte seine Warze und vermochte nicht zu begreifen, was Schreckliches daran war, dass Andrej vorhatte, ohne Liebe zu heiraten, und außerdem konnte sich das alles noch als Unsinn herausstellen.

VI Eine Fata Morgana

Das Bahnhofsgebäude, gebaut aus grauem Tuffstein wie alle Häuser in dieser Stadt, verschwand langsam in der Ferne, dann verschwanden die Nebengebäude, irgendwelche Baracken, einsame, zum Wohnen hergerichtete Waggons, Lagerhallen, Haufen von Schotter und Kalk – die übliche Vorbahnhofslandschaft, aber Boris Lwowitsch war der Gedanke angenehm, dass dies ein besonderer

Dreck war, der zu dieser Stadt gehörte, und Gott sei Dank entfernten sie sich jetzt davon, und dort, weiter weg, waren Häuser zu sehen, an denen wahrscheinlich Wäsche hing, sie türmten sich an den steilen, mit Grün bewachsenen Berghängen übereinander, in dem sich hohe weiße Grabsteine versteckten – wahrscheinlich würde er diese Stadt nie wiedersehen, und eine Sekunde lang tat es ihm leid, dass sie sich hier so wenig angeschaut hatten, denn die Stadt war tatsächlich sehr alt und Touristen aus aller Herren Länder kamen hierher –, die letzten beiden Tage hatten sie sich tatenlos im Zentrum herumgetrieben und irgendwelche unnötigen Einkäufe getätigt –, Tanja hatte sich weiche, silberne, mit orientalischen Ornamenten verzierte Stiefelchen gekauft, die wie altertümliche Boote aussahen, und wollte ebensolche Stiefelchen auch für Inna kaufen, und Boris Lwowitsch wunderte sich zuerst, aber dann kam ihm das ganz natürlich vor – wieso war er nicht selber darauf gekommen? –, andererseits aber hieß das, Andrejs Hochzeit war nicht nur Gerede, doch Tanja kannte Innas Größe nicht, obwohl sie wusste, dass Inna klein war, und Tanja sagte sogar etwas Rührendes über ihre Schuhgröße – sie gingen zum Schaufenster zurück, aber Tanja war sich nicht sicher – kaufen oder nicht – nein, sie wusste Innas Größe nicht genau, und Boris Lwowitsch kam zu dem Schluss, dass vielleicht doch aus alldem nichts würde, und abends liefen sie durch die mit gelbem Laub übersäte Hauptstraße, an der sie jetzt wohnten, und durch die anliegenden Straßen im Zentrum. »Wie gut, dass wir im Zentrum sind, nicht wahr?«, sagte Boris Lwowitsch hin und wieder und zupfte Tanja am Ärmel. »Ja, ja«, antwortete sie automatisch, damit er sie in Ruhe ließe, und als käme sie erst jetzt richtig zu sich, setzte sie schon in ganz anderem Tonfall hinzu: »Gott sei Dank, nun bleiben wir nicht mehr lange in dieser scheußlichen Stadt.« Sie waren in Cafés gegangen, von denen es viele um ihr Hotel herum und in den anderen Straßen des Zentrums gab –, in den Cafés saßen junge Männer und Mädchen an den Tischen – an eine von ihnen, ein dunkelhäutiges Mädchen mit kurzen Haaren, konnte sich Boris Lwowitsch noch erinnern –, sie war von hier, aber Boris Lwowitsch gefiel dieser Typ Frau – braune Haare, etwas breitere Wangenknochen und graue Augen, ein bisschen so wie Tanja, als sie jung war –, sie alle waren hier zu Hause und sprachen über ihre Angelegenheiten, lachten und scherzten, Andrej aber konnte nach Beendigung seines Studiums keine Arbeit finden, und obwohl er nicht so dunkel wie Boris Lwowitsch war und sogar eher Tanja ähnelte, gab auch er sich bereits Mühe, sein Gesicht auf der Straße oder in der Bahn zu verbergen, doch er machte das unauffällig, tat so, als würde er vor sich hin pfeifen oder besonders guter Laune oder sogar ausgelassen sein, selbst wenn das fehl am Platze war, im Innern jedoch war er angespannt, und Boris Lwowitsch schien es, dass diese Anspannung jeden Augenblick aus ihm hervorbrechen könnte –, irgendwo dort, auf der heißen und steinigen Erde schossen die Panzer mit den fünfzackigen Sternen auf Menschen, die Boris Lwowitsch und Andrej ähnlich sahen, aber diese Menschen kämpften, hielten stand und sprengten die Panzer, weil das ihr Land war und sie vor niemandem ihr Gesicht verbergen mussten – die Stadt mit ihren weißen und grauen, im Grün ertrinkenden Häusern und Grabsteinen blieb immer weiter zurück. »Sieh nur!« – »Sieh nur!«, sagten Boris Lwowitsch und Tanja zueinander – der vertraute Doppelgipfel folgte dem Zug, der unmerklich so abbog, dass der kleinere Gipfel hinter dem großen verschwand – genauso wie an dem Tag, als sie den Ausflug zur Residenz des hiesigen Patriarchen in dem alten Kloster aus rauem grauem Stein gemacht hatten –, wahrscheinlich fuhr der Zug parallel zur Chaussee, die sie entlanggefahren waren –, der kleine Gipfel war völlig von dem großen verdeckt, so dass ihnen jetzt nur der eine Gipfel folgte, der höchste, silbrige, der beinahe mit dem weißen Himmel verschmolz –, der Schnee auf dem Gipfel schien unberührt, aber was war das? – fast ganz oben schien der Schnee weggekratzt zu sein, als hätte man nach etwas gegraben oder als wäre eine Expedition dort herumgelaufen, aber vielleicht reflektierte der Schnee nur das Licht auf seltsame Weise. »Sieh nur, sieh nur, wie ein Kreuz«, sagte

Boris Lwowitsch zu Tanja –, sie saßen sich gegenüber und schauten aus dem Fenster, in ihrem Zweierabteil, abgeschirmt von allen, und Tanja hatte noch nicht einmal sämtliche Sachen sortiert, und aus ihrer vollen Tasche guckte das für die Reise gekaufte gekochte Huhn heraus. »Das ist kein Kreuz, sondern ein sechszackiger Stern, siehst du das etwa nicht?«, sagte Tanja. »Das ist ganz eindeutig, ich bin völlig sicher.« Spuren von Schlittengespannen oder Skiern führten direkt bis zum Gipfel, und sie kreuzten sich mit ebensolchen Spuren, die sich um den Gipfel herumzogen, und diese Spuren oder vielleicht der Pulverschnee funkelten in der Sonne, und dennoch blieb der Konus allmählich hinter dem Zug zurück, so dass Boris Lwowitsch sogar seinen Platz mit Tanja tauschte, um sich nicht den Hals zu verrenken und dem allmählich zurückbleibenden Konus folgen zu können, und dennoch glitzerte etwas auf dem ihnen zugewandten Hang des Gipfels. »Ja, sieht wirklich fast so aus«, sagte Boris Lwowitsch unsicher. »Nicht fast, sondern ganz eindeutig«, sagte Tanja und machte sich daran, die Sachen zu sortieren. Boris Lwowitsch versuchte sich zu erinnern, wie man so eine Erscheinung nannte, bei der man am Himmel ein Segelschiff entlangfahren sieht oder ein Verdurstender eine Kamelkarawane mit Wasser oder eine Oase – man nannte das wohl Fata Morgana, obwohl es Boris Lwowitsch so schien, als gäbe es noch ein anderes, passenderes Wort dafür –, er setzte sich auf seinen Platz zurück, in Fahrtrichtung, so dass er die entgegenkommende Landschaft rechtzeitig sehen konnte, breitete eine Karte der hiesigen Republik vor sich aus und legte seinen Fotoapparat mit dem Teleobjektiv neben sich – die rote Lampe, die die Eisenbahnlinie markierte, näherte sich der Staatsgrenze – dort, hinter dieser Grenze, die durch eine fette Doppellinie gekennzeichnet war, gab es aus irgendeinem Grund weder Höhen noch Tiefen, weder Flüsse noch Eisenbahnlinien noch Straßen, sondern nur eine völlig weiße Fläche, als sei dort alles mit Schnee bedeckt, und ein paar Ortschaften, dargestellt durch neutrale Kreise, als gebe es in diesem Land kaum Menschen – nur ein paar primitive Siedlungen –, am Fenster huschte eine Bahnstation vorbei – Boris Lwowitsch schaffte es kaum, ihren Namen zu lesen, er erriet ihn mehr, weil er ihn sich schon auf der Karte eingeprägt hatte –, die Station, von der aus die Strecke noch dichter an die Staatsgrenze heranführte, danach verlief sie ganz dicht daran entlang und parallel dazu – draußen sah man eintönige Ebenen, dort aber, weiter weg, Hügel und sogar Berge –, wahrscheinlich waren das hinter den Hügeln und vielleicht sogar die Hügel selbst das, was auf der Karte weiß wie der Nordpol dargestellt war –, dann konnte man in der Ferne Dörfer sehen – kaum zu erkennende Spielzeughäuser, und auf einmal, unten, ganz dicht am Zug, so dass Boris Lwowitsch aufstehen musste, um alles im Blick zu haben, verlief Stacheldraht – zwei Reihen Draht, und dazwischen blitzten gestreifte Pfosten auf. »Tanja, die Türkei!«, schrie Boris Lwowitsch, ließ mit einer Hand das Fenster runter und zog sie mit der anderen zu sich heran. Tanja wies mit einem vielsagenden Blick auf die Abteilwände – ein heißer und trockener Wind wehte ins Abteil –, Boris Lwowitsch hielt seinen Arm bis zur Schulter aus dem Fenster, und der Arm zerschnitt die Luft und schwang über dem Stacheldraht, und ihm kam es sogar so vor, als reichte er darüber hinaus –, also waren die Dörfer auf dem Gebirgsplateau und dem niedrigen Hügel nicht unsere, aber warum waren sie leer? Vielleicht hatte die weiße Karte recht? Obwohl, kann man aus dieser Entfernung etwa Menschen erkennen? Kaum auszumachende Häuschen mit Flachdächern und in ihnen Bauern, vielleicht sogar arme, aber deren Eigentümer, und sie mussten in keinen Kolchos eintreten, und dort galten ganz andere Gesetze als auf dieser Seite des Drahts, aber die Erde war hier und dort die gleiche, und die Häuser hüben und drüben sahen auch gleich aus – über den flachen Dächern der Häuschen erhob sich die Silhouette eines Turms, der wie ein Getreidesilo aussah. »Ein Minarett! Eine Moschee!«, riefen Boris Lwowitsch und Tanja gleichzeitig. »Na klar, sie sind doch Moslems«, sagte Tanja. Wieso bin ich nicht gleich darauf gekommen?, dachte Boris Lwowitsch, dort, hinter den Hügeln, gab es wahrscheinlich noch viele Dörfer und alle mit

Minarett, denn ein Dorf ohne Minarett ist dort ebenso undenkbar wie bei uns ein Dorf ohne Dorfsowjet, und die Menschen gingen nicht heimlich in ihre Moschee, sondern feierlich, weil das ihre Pflicht war – Boris Lwowitsch nahm seinen Fotoapparat, richtete das Teleobjektiv auf das Dorf und das Minarett und knipste ein Bild nach dem anderen, er hielt das Teleobjektiv sogar ein wenig aus dem Fenster, als beschieße er die Umgebung –, er beeilte sich, denn das Dorf wurde jede Minute kleiner und würde demnächst völlig hinter einem Hügel verschwunden sein, außerdem hätten ihn unsere Grenzer bemerken und es zur nächsten Station melden können, vielleicht sogar per Funk direkt dem Lokführer, und dann würden zwei kraftstrotzende Repräsentanten der Truppen des Innenministeriums in ihr Abteil eindringen und Boris Lwowitsch samt seinem Fotoapparat abtransportieren, obwohl das Territorium, das er fotografiert hatte, türkisch war, aber Grenze ist Grenze – etwas weiter weg war noch mal Stacheldraht gezogen, wieder zwei Reihen, dann noch mal, so dass das wahrscheinlich Niemandsland war, und darauf wuchs genau solch kümmerliches Gras und genau solch stachliges Gebüsch wie dort, weiter weg, auf dem Gebirgsplateau, und wie auf der anderen, der unsrigen Seite, aber dieses Niemandsland zu betreten war absolut verboten, dort gab es lediglich hin und wieder Holztürme mit steilen Treppen, die zu einer überdachten Aussichtsplattform führten, und ebensolche Türme standen weiter entfernt, hinter dem Draht – die Dächer wurden von Holzpfosten gestützt, aber auf den Plattformen war kein Mensch – wahrscheinlich waren das nicht unsere Türme, und nur auf einem, der weit weg war, konnte man irgendwelche unbeweglichen Gestalten erkennen – sicher türkische Wachsoldaten –, Boris Lwowitsch kam es bereits vor, als trügen sie Feze und altertümliche Waffen –, er und Tanja stiegen die steile Treppe hoch, Boris Lwowitsch vornweg, mit der einen Hand stützte er sich auf eine Querstange, mit der anderen hielt er die Pässe hin – seinen und den von Tanja –, die türkischen Grenzer mit ihren dunklen Gesichtern und den Fezen stellten ihre Gewehre anno 1896 beiseite, beugten sich von ihrer Plattform zu Boris Lwowitsch und Tanja hinunter, streckten ihnen ihre Hände entgegen, halfen ihnen, auf den Turm zu steigen, so wie jene Bärtigen mit den von der Sonne goldbraunen Gesichtern und den hellen skandinavischen Augen, die ihnen ihre Hände vom Schneegipfel entgegengestreckt hatten – weder die einen noch die anderen benötigten die Pässe, ihnen war auch so alles klar –, ein bittersüßer Kloß, Boris Lwowitsch kannte das, schnürte ihm die Kehle zu. Er verkroch sich in die hinterste Ecke des Abteils, damit er nicht bemerkt wurde, und knipste noch ein paarmal diesen Turm mit den unbeweglichen Konturen der Grenzer – im Übrigen hätten das auch unsere Wachsoldaten sein können, vielleicht auch nur zusätzlich Pfosten, die das Dach stützten, und das Minarett im Dorf mit den flachen Dächern auf den Häusern könnte ebenfalls ein Wachturm oder einfach ein Getreidesilo gewesen sein – die Stacheldrahtreihen verschwanden allmählich seitlich und mit ihnen zusammen auch die Türme, – nach der Karte musste es so sein –, das Letzte, was Boris Lwowitsch sah, war ein Sandweg, auf dem wahrscheinlich nie jemand fuhr und der irgendwohin in die Ferne führte, parallel zu den Drahtreihen, und sich dann zwischen den entfernten Hügeln verlor –, es wurde schnell dunkel, als sei der Abend gekommen, der Zug fuhr durch ein Tal, an dessen Seiten sich Berge erhoben – Boris Lwowitsch holte sein Kofferradio heraus, aber aus dem Radio kam nur ein trockenes Knacken, weil die Wände der Wagen die Radiowellen nicht durchließen, Boris Lwowitsch wusste das, aber er wollte es auf gut Glück ausprobieren –, am Abend verzehrten sie das Huhn – Tanja legte Boris Lwowitsch die weißen Fleischstücke hin und knabberte selbst die Flügel ab, aber in der Nacht hatte Boris Lwowitsch Sodbrennen, weil es ja doch kaltes Essen ohne Trinken gewesen war, und am Abend des nächsten Tages kamen sie in Moskau an –, in dem regennassen Fenster verschwammen die hellen Lichter des Bahnhofs, Andrej sahen sie sofort, obwohl der Zug noch gar nicht hielt –, in der Hand trug er, wer weiß warum, eine Reisetasche –, er stand zwischen all den Abholenden, machte seinen Hals lang und schaute angespannt in die Wagenfenster – Boris Lwowitsch und Tanja hämmerten an die Fensterscheibe, doch er sah sie nicht gleich, weil er kurzsichtig war und eine Brille trug –, als er sie erkannt hatte, winkte er ihnen zu und lief dem Wagen hinterher, aber irgendwie ungelenk, denn andere drängten ihn zur Seite –, sie standen auf dem Bahnsteig, Boris Lwowitsch, Tanja und Andrej, im feinen Herbstregen –, Tanja drückte Andrej an sich, wie sie das immer machte, aus Angst, jemand könnte ihn ihr wegnehmen, dann zog sie seinen Kopf zu sich herunter, küsste ihn auf die Wangen und die Stirn, Boris Lwowitsch gab ihm auch einen Kuss auf die Wange, wofür er sich ein bisschen auf die Zehenspitzen stellen musste –, Andrej hatte eine weiche Haut, wie in der Kindheit, und harte Bartstoppeln, wenn auch nicht sehr dichte, und Boris Lwowitsch war es irgendwie unangenehm, dass Andrej der Bart wuchs und dass er sich täglich rasierte, so wie Boris Lwowitsch – er könnte das getrost auch jeden zweiten Tag tun, aber Andrej sah immer noch eine bisschen schwächlich aus, und er hielt sich nach wie vor nicht gerade – in der Tasche hatte Andrej einen Mantel für Boris Lwowitsch, denn als sie losgefahren waren, war noch Sommer gewesen –, sie wurden geschubst, weil sie den Durchgang versperrten –, Boris Lwowitsch zog den Mantel über, und dann kamen sie mit dem Gepäck durcheinander – wer sollte was nehmen? –, Andrej ging vornweg, sah sich immer mal wieder nach den Eltern um und ärgerte sich, wenn sie zurückblieben, oder hatte Angst, man würde sie anrempeln – im Taxi setzten sich Tanja und Sohn nach hinten, und Boris Lwowitsch lauschte angestrengt, worüber sie redeten, doch sie redeten über Nichtigkeiten, manchmal drehte sich Boris Lwowitsch zu ihnen um und versuchte, eine spitze Bemerkung anzubringen, oder spielte mit Wörtern, wie er das stets tat, denn sein Sohn verstand ihn auf Anhieb, aber alle seine spitzen Bemerkungen gingen ins Leere, drangen irgendwie nicht durch, als stünde zwischen ihm und Frau und Sohn dahinten eine gläserne Wand, doch immerhin fuhren sie nach Hause, und Andrej hatte Boris Lwowitsch den Mantel mitgebracht, also wohnte er noch zu Hause –, im Flur empfing sie Boris Lwowitschs Mutter, Tamara Borissowna –, der Tisch war zum Abendessen gedeckt –, Boris Lwowitsch machte schnell einen Rundgang durch sämtliche Zimmer, knipste überall das Licht an, zog an dem Gewicht der Uhr, die im Flur hing – alles war an seinem Platz: sein Schreibtisch, die Bücher, der Sessel im Zimmer seiner Mutter und in Andrejs Zimmer über der Liege der abgeblätterte Putz und die davon ausgehenden Risse – Andrej hatte früher einmal in seinem Zimmer Ball gespielt –, es wäre Zeit, den Schaden zu beseitigen –, all das gehörte zu ihm, nicht so wie im Hotel – wie gut war es doch zu Hause, besonders nach alldem, was sie auf der Reise hatten erdulden müssen –, im Übrigen kam ihm die Geschichte mit dem Hotel jetzt eher wie ein Jux vor, und Boris Lwowitsch konnte es gar nicht erwarten, davon bei Tisch zu erzählen, wenn sich alle zum Abendessen hinsetzen, besonders davon, wie er der in den Schal gehüllten Direktorin gezeigt hatte, wo der Hammer hängt, »Tan-ja! Tan-ja!«, brüllte er so laut, als sei er im Wald, und ging dabei von einem Zimmer ins andere. »Endlich zu Hause angekommen, hat uns Andrej in Empfang genommen«, reimte er und betrat sein Arbeitszimmer. Tanja und Andrej saßen an dem kleinen runden Tisch, an dem Boris Lwowitsch in der Regel arbeitete, sie saßen sich gegenüber und unterhielten sich leise mit ernsten Mienen, und als er ins Zimmer kam, hörten sie auf zu reden, als hätten sie über eine Krankheit von Boris Lwowitsch gesprochen, von der er nichts wissen durfte –, Tanja stand aus dem Sessel auf und drehte sich zu Boris Lwowitsch um, als wolle sie sich schützend vor den Sohn stellen. »Sie werden heiraten, und dann wollen sie ausreisen«, sagte sie. Andrej zündete sich mit einem ausländischen Feuerzeug eine Zigarette an, atmete den Rauch effektvoll ein und aus, doch dabei zitterten seine Finger –, sie zitterten, seit sie ihn zusammengeschlagen hatten und er eine Gehirnerschütterung gehabt hatte – zusammengeschlagen hatten sie ihn in einer Gesellschaft, die er vorher nicht gekannt hatte, in die er zufällig geraten war, wegen nichts und wieder nichts – ein langer Lulatsch im Pullover und mit langen Haaren –, Boris Lwowitsch hatte Andrej ins Krankenhaus gebracht und ihn jeden Tag besucht, hatte mit den Ärzten gesprochen, war zu seinen Kollegen Juristen gegangen, zur Miliz, zu einem Staatsanwalt, den er kannte, und ins Institut, wo der lange Lulatsch studierte, und er hatte dabei Herzrasen gehabt und andere Worte gesagt, als er eigentlich wollte, aber der lange Lulatsch blieb straffrei – am Abend vor der Abreise von Boris Lwowitsch und Tanja hatte Andrej eine Kristallschale fallen lassen, die Tanja ein paar Tage zuvor gekauft hatte – er hatte sie einfach auf den Boden geschmissen, weil Tanja gesagt hatte, sie würden nicht verreisen, könnten nicht verreisen wegen Tamara Borissowna, und Andrej solle gar nicht damit rechnen. »Dann weiß ich, was ich zu tun habe!«, schrie Andrej, am nächsten Tag brachte er eine neue Schale, genau die gleiche, er hatte sie von seinem Taschengeld gekauft – fast täglich brachte er Briefe von drüben mit nach Hause, die man ihm zum Lesen gegeben hatte –, Boris Lwowitsch und Tanja vertieften sich in die Lektüre dieser Briefe, Tamara Borissowna schlug demonstrativ die Tür zu und schloss sich in ihrem Zimmer ein – sie war der Meinung, Boris Lwowitsch und Tanja ließen Andrej alles durchgehen, besonders Boris Lwowitsch, er würde ihn einfach negativ beeinflussen, statt zu disziplinieren – zwischen Andrej und Tamara Borissowna kam es zu heftigen Auseinandersetzungen –, Andrej rief Boris Lwowitsch auf der Arbeit an und bat ihn, Tamara Borissowna zu beruhigen, aber sie blieb unnachgiebig und brüllte Andrej an, er sei ein Idiot, ein Weichling und Grünschnabel, weil er sich von lauter Provokateuren beeinflussen ließ, darauf warf er mit dem Hausschuh nach seiner Großmutter, und Boris Lwowitsch kam ebenfalls ins Schwitzen, weil Tamara Borissowna nicht sah, was los war, es nicht sehen wollte – ihr ging es auch so gut, doch in Boris Lwowitschs Schreibtischschublade lagen Arbeiten zur Rechtsprechung im Sowjetrussland der 20er Jahre, und diese Manuskripte traute er sich nicht einmal seinen Bekannten zu zeigen, und Andrej schrieb ebenfalls Erzählungen, die man an keine Redaktion schicken konnte, und fand keine Arbeit. Boris Lwowitsch musste also sein Gesicht verbergen, und Andrej musste das auch, besonders nachdem er zusammengeschlagen worden war – als er noch in der Schule war, hatten ein paar Jungen aus der Parallelklasse eine Mauer gebildet – das war auf dem Schulhof passiert, sie standen eng beieinander, Schulter an Schulter, und wenn er an ihnen vorbeilaufen wollte, bewegte sich diese ganze Mauer schweigend nach rechts oder links, und einer von ihnen, ein dicker Weißblonder mit kleinen Schweinsäuglein, nannte ihn laut »Sarah«, was besonders beleidigend war, und dabei betonte er extra das Zäpfchen-r, und Andrej rannte von einer Hofecke in die andere, und sie alle johlten dabei, und als ihnen das zu langweilig wurde, gab der Weißblonde Andrej einen Tritt in den Hintern, so dass Andrej mitsamt seiner Schultasche auf dem Asphalt landete – die Schultasche flog irgendwo zur Seite, seine Brille ging auch kaputt, aber Andrej hatte zu Hause kein Wort erzählt –, er hatte einfach gesagt, er habe seine Brille verloren, und erst Jahre später war ihm das bei einer seiner Auseinandersetzungen mit Tamara Borissowna herausgerutscht – worauf Tamara Borissowna die Schultern gezuckt und gesagte hatte, ihr sei so etwas noch nie passiert. »Eine richtige Entscheidung«, sagte Boris Lwowisch und sah seinem Sohn ins Gesicht – mit den dunklen Augen und den etwas breiten Wangenknochen, wie bei seiner Mutter, und er wollte sogar hinzusetzen, dass es höchste Zeit sei, aber irgendwie schwankte plötzlich der Boden unter seinen Füßen, wie im Hotel, als er von der Direktorin gekommen war, und mit dem Fußboden schwankten die Bücherregale und die Lampe, und eine Sekunde lang schien ihm, es sei im Zimmer dunkel geworden.

VII Eine Schweigeminute

Unter der unruhigen Wasseroberfläche erschien Boris Lwowitsch sein behaarter Bauch und die grünliche Warze wie der steinige Meeresgrund irgendwo bei Pizunda, wo das Wasser immer durchsichtig war und die polierten Steine schwankten und zitterten und einem dank der optischen Täuschung größer vorkamen, als sie tatsächlich waren, aber sogar ungeachtet dessen war erkennbar, dass die Warze nicht größer geworden, sondern eher leicht eingetrocknet war, und wenn Boris Lwowitsch wollte, könnte er sie leicht abkratzen –, das Geräusch von fließendem Wasser aus dem Hahn, den Boris Lwowitsch immer aufdrehte, um so viel Wasser nachlaufen zu lassen wie abfloss, hinderte ihn daran, die Worte genau zu verstehen –, Tanja telefonierte mit Andrej, aber das machte es in der Wanne sogar noch gemütlicher, wie in der Zeit, als er jung war, wenn er in den Ferien oder an Feiertagen nach Hause gekommen war und ein Bad genommen hatte, in dem eisernen Ofen knisterte und brannte das Feuer lichterloh, und er warf immer mal Kohle oder Holzscheite nach, ohne aus der Wanne zu steigen, er musste sich nur ein wenig erheben, damit das heiße Wasser nicht ausging, und aus der Küche oder dem Wohnzimmer waren die Stimmen seiner Eltern zu hören – kaum zu glauben, seine Mutter, Tamara Borissowna, war damals jünger als er jetzt –, und man konnte die Stimme von Tante Schura, ihrer Haushälterin, hören, im Wohnzimmer war der Tisch bereits gedeckt, der Vater nahm sich immer mal etwas vom Teller, und Tamara Borissowna verbot ihm das, weil das nicht gut für seine Gesundheit war, und außerdem mussten alle zusammen am Tisch sitzen, und sie warteten auf Boris Lwowitsch, aber dann hatte er geheiratet und kam mit Tanja, und sie beteiligte sich ebenfalls an den Vorbereitungen für das Abendessen, und man hörte ihr schallendes Lachen – so wie jetzt auch, er drehte das heiße Wasser auf, damit das Badewasser nicht zu kalt wurde, und tauchte mit dem Kopf unter, nur Mund und Nase beließ er an der Oberfläche, um atmen zu können, und da verschmolzen die Stimmen mit den Geräuschen vom Tischdecken, drangen durch das Wasser an seine Ohren und verwandelten sich in ein unterirdisches Dröhnen, und dazu kam noch der Lärm von dem aus dem Hahn fließenden Wasser, das wie Rauschen klang, und das alles trug ihn davon in noch frühere Zeiten, an die er sich kaum erinnern konnte, und hatte auch mit dem Baden zu tun, danach hatte man ihn in ein Frotteehandtuch gewickelt und ihm das Abendbrot am Bett serviert, und jetzt erwartete ihn in der Küche ebenfalls das Abendbrot –, Tanja hatte schon vorher mit dem Geschirr geklappert und irgendetwas gebrutzelt, und Tamara Borissowna hatte mehrmals die Tür vom Kühlschrank zugeschlagen –, die beiden redeten jetzt fast kein Wort miteinander, lediglich das Allernötigste, und Tamara Borissowna bemühte sich, nur dann die Küche zu betreten, wenn Tanja nicht dort war –, Tanjas Stimme am Telefon verschmolz mit dem Klappen der Kühlschranktür und dem Schlurfen von Tamara Borissowna und ergab ein gemütliches unterirdisches Dröhnen, wenn Boris Lwowitsch mit dem Kopf unter Wasser tauchte und nur Nase und Mund an der Oberfläche ließ. »Tanja! Tanja!«, brüllte er laut, setzte sich in der Badewanne auf und öffnete die Tür zum Flur einen Spaltbreit, um besser zu hören, worüber Tanja mit Andrej sprach –, er und Inna hatten sich noch nicht zusammenschreiben lassen, aber Andrej übernachtete aus irgendeinem Grund dort und schaute manchmal nur auf einen Sprung vorbei, doch Boris Lwowitsch kam das alles wie ein Missverständnis vor: Er und Tanja waren aus dem Urlaub zurück und zu Hause, aber Andrej übernachtete woanders und rief abends zu Hause an, er rief nicht an, um zu sagen, dass er spät heimkommt und dass sie sich keine Sorgen machen sollten, sondern um zu erzählen, dass Luschka, Innas Hund, wie eine Katze ist und sogar kratzt und ihren Schwanz hochstellt – am Tag nach der Ankunft von Boris Lwowitsch und Tanja hatte Andrej gesagt, er werde bei Inna übernachten, und am Abend hatten Boris Lwowitsch und Tanja eine Runde gedreht – als sie vor dem Haus standen, hatten sie zu Andrejs Zimmer hochgeschaut, zum Fenster von Andrejs Zimmer –, einen Moment lang schien ihnen, da brenne Licht – die alte Stehlampe mit dem ausgeblichenen hellblauen Schirm, die Tanja schon längst hatte wegwerfen und durch eine Tischlampe ersetzen wollen, damit sich Andrej nicht die Augen verdirbt, aber Boris Lwowitsch war dagegen gewesen, weil Andrej ohnehin im Liegen las und das nur eine sinnlose Ausgabe wäre – sie verhielten nicht einmal den Schritt, aber genau so ein hellblaues Licht war in vielen Fenstern des Hauses zu sehen – einfach nur eine Spiegelung der Straßenlaternen –, Andrejs Fenster glänzte kalt wie die Fenster dunkler Zimmer, doch als sie nach Hause kamen, guckten sie trotzdem in Andrejs Zimmer, Boris Lwowitsch knipste sogar das Licht an, aber nur das obere – die Stehlampe war wirklich alt und kaputt, und an der Wand über der Liege prangte der Fleck mit dem abgeblätterten Putz –, Boris Lwowitsch tauchte wieder mit dem Kopf in der Badewanne unter – Tanjas Stimme, die mit Andrej sprach, die Geräusche in der Küche und das fließende Wasser verschmolzen erneut zu einem gemütlichen Dröhnen und trugen Boris Lwowitsch in die Vergangenheit zurück, als halte er riesige Meermuscheln an seine Ohren, wie er das als Kind getan hatte –, er war auch einmal zu Tanja gezogen, nachdem sie sich hatten zusammenschreiben lassen, und seine Freunde hatten zu ihm gesagt, es sei noch nicht zu spät, und überhaupt – in jungen Jahren ist man für alle möglichen Eskapaden und Vergnügungen zu haben. »Tan-ja! Tan-ja!«, rief Boris Lwowitsch wieder laut, erhob sich ein wenig und schaute in den Flur. »Ich kann jetzt nicht, du hörst doch, ich rede«, sie sprach leise und ernst mit Andrej, wie damals nach ihrer Ankunft zu Hause, als Boris Lwowitsch in sein Arbeitszimmer gekommen war und Tanja und Andrej an dem kleinen runden Tisch gesessen und sich leise unterhalten hatten, und genauso redeten sie in den wenigen Minuten, wenn Andrej auf einen Sprung vorbeikam, um Mittag zu essen oder sich umzuziehen, als würden sie Boris Lwowitsch etwas verheimlichen –, bei einem dieser kurzen Besuche hatte sich Tanja zwischen den Sohn und Boris Lwowitsch gestellt, wie damals beim ersten Mal nach ihrer Ankunft zu Hause, und gesagt, Andrej und Inna hätten entschieden, nicht nach dorthin auszureisen, sondern über den großen Teich, denn dort könne immer jeden Moment ein Krieg ausbrechen und Andrej sei ein Mann, und dort würden sogar die Mädchen Militärdienst leisten, und in dieser Frage sei sie mit Inna völlig einverstanden, und Boris Lwowitsch hatte sich gewundert, dass er nicht selbst darauf gekommen war, und seinen Sohn nur um eines gebeten: dort nicht gegen unsere Leute zu arbeiten, weil er, Andrej, nicht vergessen dürfe, dass er und Tanja hier als Geiseln zurückblieben, und als er das sagte, hatte wieder der Boden unter seinen Füßen geschwankt, wie damals am Tag ihrer Ankunft zu Hause und wie im Hotel, Andrej aber hatte sich eine Zigarette angesteckt und gesagt, dass er das alles gut verstehe, doch der Boden unter Boris Lwowitschs Füßen hatte geschwankt, und erneut war es ihm vorgekommen, als wäre es im Zimmer dunkel geworden. Tamara Borissowna steckte den Kopf beflissen zur Badezimmertür herein. »Soll ich dir was geben?« – »Mach die Tür zu«, sagte Boris Lwowitsch ungnädig, weil es ihm unangenehm war, dass die Mutter ihn nackt sah, während ihr das überhaupt nicht peinlich war – was ihren Charakter deutlich zeigte –, und außerdem bot sie ihm besonders dann ihre Dienste gern an, wenn es zwischen Boris Lwowitsch und Tanja auch nur die geringste Spannung gab – jedenfalls hatte ihm Tanja das so erklärt –, Tamara Borissowna schlurfte beleidigt in die Küche und betonte mit dem Schlurfen ihre Unabhängigkeit, und doch war das alles ein Missverständnis, das außerdem nichts mit ihm, Boris Lwowitsch, zu tun hatte, vor allem wenn er in der Badewanne mit dem Kopf untertauchte und das Rauschen der Meeresmuscheln hörte. »Sag ihm, dass er eine Karla ist!«, schrie Boris Lwowitsch wieder, als er an der Oberfläche auftauchte. Karl war Beethovens Neffe gewesen, der einzige Mensch, an dem er im Alter hing und der durch seinen unsteten Lebenswandel den Tod des großen Komponisten beschleunigt hatte –, Boris Lwowitsch hatte sich mal mit Beethoven beschäftigt und erzählte bei Tisch oft davon mit einem bittersüßen Kloß im Hals, ihm schien, nur Andrej verstünde ihn –, Karla – das sollte weniger hart klingen und zugleich witzig, meinte Boris Lwowitsch. »Hörst du, was ich sage?«, schrie Boris Lwowitsch und drehte den Wasserhahn zu, um Tanjas Telefongespräch besser verfolgen zu können. »Sag ihm, dass er eine Karla ist!«, jetzt richtete er sich auf und beugte sich in den Flur, aber Tanja winkte nur kurz in seine Richtung, als verscheuche sie eine lästige Fliege, und als er erneut in das Unterwasserdröhnen abtauchte und mal wieder seinen Bauch mit der ungefährlichen trockenen grünlichen Warze betrachtete, stand sie plötzlich im Badezimmer und sagte, übermorgen werde Andrej endgültig zu Inna ziehen.

Es war Sonntag, und sie standen nicht zu früh und nicht zu spät auf, wie immer am Samstag oder Sonntag, wenn irgendetwas zu erledigen war –, Andrej schlief noch – diese Nacht hatte er zu Hause verbracht – die letzte Nacht –, und Boris Lwowitsch und Tanja betraten vorsichtig auf Zehenspitzen das Zimmer des Sohnes –, Tanja machte leise den Schrank auf, in dem Andrejs Sachen lagen, fing an, sie herauszunehmen und akkurat auf Kommode und Stuhl zu platzieren –, Andrej schlief wie stets mit einem ausgestrecktem Arm, der an der Bettkante herunterhing – er hatte schmale, fast noch kindliche Finger –, die andere Hand hatte er unter die Wange gelegt, den Mund leicht geöffnet, die Wangenknochen waren ein wenig breit wie bei Tanja –, Tanja schlief meistens auch ruhig und tief –, an Feiertagen oder in den Ferien konnte Andrej ewig schlafen, und Boris Lwowitsch hatte sogar mal ein Experiment machen wollen – ihn einfach nicht wecken und sehen, wie lange er schlief – bis eins oder bis vier? Denn Boris Lwowitsch selbst schlief in der Regel schon um sechs nicht mehr, aber wenn Andrej schlief, lief Tanja immer auf Zehenspitzen und sagte zu Boris Lwowitsch »pst«, sogar wenn er leise sprach, und verbot ihm, in Andrejs Zimmer zu gehen, obwohl Andrej davon nicht wach wurde, heute jedoch mussten Andrejs Sachen gepackt werden, und Tanja wollte ihm möglichst viele Bettlaken und Bettbezüge mitgeben, als wäre er eine Braut, der eine Mitgift zustünde –, Boris Lwowitsch trat in der Zimmerecke vor Andrejs Bücherschrank von einem Bein aufs andere, als suche er dort nach einem Buch, und schob sogar die eine Scheibe zur Seite – Andrej öffnete eine Sekunde lang die Augen – dunkle, wie die von Boris Lwowitsch, mit bläulichem Weiß –, »Milchaugen«, wie Tanja, wer weiß warum, sagte – schloss sie sofort wieder und versank erneut in Sorglosigkeit. »Pst«, sagte Tanja zu Boris Lwowitsch, legte die Hand an die Lippen und riss sich für einen Moment von den Bettlaken und Bettbezügen los –, als Andrej klein war, hatte er in einer anderen Stadt bei den Eltern von Boris Lwowitsch gelebt, und wenn Tanja und Boris Lwowitsch an den Feiertagen oder einfach so für ein paar Tage hinfuhren, kam Andrej in einem fußlangen Baumwollnachthemd zu ihnen ins Zimmer gerannt, patschte mit seinen nackten Füße über den Boden und kletterte zu Boris Lwowitsch und Tanja ins Bett. »Papa und Mama sind da!«, verkündete er stolz allen Bekannten –, er hatte also auch Eltern wie die anderen Kinder, und seine waren sogar besser, denn sie wohnten in Moskau, wo es das Mausoleum und den Roten Platz mit dem Glockenspiel gab, aber sie verschwanden immer wieder, kamen selten und waren deshalb besonders interessant, und am Tag nach ihrer Ankunft wachte Andrej früh auf, als hätte er Geburtstag und im Nebenzimmer warte ein Geschenk auf ihn, aber die Großmutter ließ ihn nicht dorthin, damit er die Eltern nicht weckte, doch er setzte sich durch und patschte mit seinen nackten Füßen über den Boden, und wenn er zu den Eltern ins Bett geklettert war, richtete er sich mit seinem langen Baumwollnachthemd und seiner Samthaut gemütlich zwischen Boris Lwowitsch und Tanja ein –, die Wäschepacken lagen kofferfertig auf Kommode und Stuhl, und Boris Lwowitsch und Tanja gingen den Koffer vom Hängeboden zwischen Küche und Flur holen, dann frühstückten sie alle in der Küche, sie drei und Tamara Borissowna, wie stets an freien Tagen, alle zusammen, als wäre nichts passiert und würde auch nichts passieren, und Tanja schmierte wie immer Andrej die Brote – mit Käse und Wurst, Boris Lwowitsch regte sich ständig über dieses Broteschmieren auf und Tamara Borissowna ebenfalls – als könne sich Andrej seine Brote nicht selbst schmieren? Und man erzählte allen davon, und alle nickten missbilligend, aber Tanja sagte kein Wort, machte Andrej weiter die Brote und schmierte die Butter besonders dick drauf, und Andrej verschlang eins nach dem anderen, als müsste das alles so sein –, draußen fiel ein feiner Herbstregen, in der Küche brannte Licht, und Tanja machte sich am Herd zu schaffen und mit den Broten, Tamara Borissowna aß schweigend, und als sie sich

Tee einschenkte, zitterten ihre Hände, und das heiße Wasser tropfte auf die Tischdecke, Andrej aber mochte keinen Tee, und Tanja goss ihm statt des Tees wie immer Tomatensaft ein, und während er den Tomatensaft trank, war sie schon wieder in seinem Zimmer und packte den Koffer, danach instruierte sie Andrej, wie viele Laken und Kissenbezüge sie ihm mitgab und wo was liegt und dass sie noch sechs Bettbezüge hätte, die aber jetzt nicht mehr in den Koffer passten, und dass er sie beim nächsten Mal mitnehmen könnte, und Andrej rauchte und redete über Politik, und in den Pausen über Luschka, die wie eine Katze sei, und seine schmalen Finger zitterten leicht, wenn er das Feuerzeug an die Zigarette hielt. Er zog seine Nylonjacke an, und Tanja musste noch schnell etwas daran nähen, Andrej zog also die Jacke wieder aus, weil man ja sein Zeug nicht am Leibe flicken soll – Boris Lwowitsch konnte sich nicht genau erinnern, warum man das nicht sollte –, er trat erneut vor Andrejs Bücherschrank von einem Bein aufs andere, Tamara Borissowna schlurfte schweigend in ihrem Zimmer umher – ihre Zimmertür stand halb offen – Andrej redete weiter über Politik und über Luschka, zog zum zweiten Mal seine Nylonjacke über – Tanja gab ihm noch ein paar Worte mit auf den Weg und säuberte seine Jacke mit einer feuchten Bürste, jetzt aber behielt er sie an, während er sich im Spiegel, der im Flur hing, betrachtete, und dann brachte sie ihm den Koffer aus dem

Zimmer und stellte ihn neben ihn hin, und Tamara Borissowna tauchte aus ihrem Zimmer auf und blieb in der Tür stehen, Boris Lwowitsch kam in den Flur, und dann trat eine merkwürdige Stille ein, wie sie herrscht, wenn man beginnt, einen Sarg zuzunageln, und nur die Wanduhr tickte gleichmäßig, und Tanja fing plötzlich an zu weinen, ja laut zu wehklagen und umschlang den Hals ihres Sohnes, presste den Sohn fest an sich und bedeckte sein Gesicht und seine Haare mit Küssen, und Tamara Borissowna heulte auch los und ebenfalls laut, und Boris Lwowitsch biss sich auf die Lippen, um nicht die Fassung zu verlieren, und Andrej küsste alle der Reihe nach und dann noch einmal, und ihm wurden die Augen ebenfalls feucht, und eine Sekunde lang war wieder das Ticken der Wanduhr zu vernehmen –, Boris Lwowitsch öffnete die Wohnungstür, um das alles schnellstmöglich zu beenden –, Andrej nahm den Koffer und ging zur Treppe, Tanja und Tamara Borissowna gingen zur Tür und fast bis ins Treppenhaus, um zu hören, wie Andrej die Treppe hinunterlief, und Boris Lwowitsch gesellte sich zu ihnen, stellte sich hinter ihnen auf Zehenspitzen und reckte den Hals, doch Andrejs Schritte waren nicht mehr zu vernehmen. Tanja rannte auf den Balkon und Boris Lwowitsch ihr nach –, sie standen im Regen, im Herbstwind, der ihnen durch Mark und Bein drang – in dem schmalen Gang zwischen Haus und Boulevard tauchte Andrejs Gestalt auf – in Nylonjacke, mit krummem Rücken, in der Hand den Koffer –, er ging die Straße entlang, verschwand für einen Moment hinter den Bäumen mit dem gelben Laub, das fast ganz abgefallen war, dann tauchte er wieder auf, schon auf der anderen Straßenseite, aber bereits ganz weit weg – eine kleine Gestalt mit Koffer –, der sich nähernde Trolleybus verdeckte sie, doch als er losfuhr, war Andrej nicht mehr da –, der Trolleybus hatte ihn mitgenommen, aber Boris Lwowitsch und Tanja spürten weder die Feuchtigkeit noch den Wind und sahen dem vom Regen nassen Trolleybus hinterher, bis er ihren Augen entschwunden war.

16. September 1976

Nachbemerkung des Verlages

»Die Winde des Ararat« erzählt von einer Sowjetrealtät, die nicht nur im Westen, sondern auch im postsowjetischen Russland fast aus dem Gedächtnis verschwunden ist. Es ist die Ära der Stagnation unter Leonid Breschnew und, ab Mitte der siebziger Jahre, der Beginn einer jüdischen Auswanderungswelle.

Mit dem Tod Stalins im März 1953 hatten die als »Säuberungen« deklarierten systematischen Massenmorde geendet, die in der zweiten Welle in besonderem Maße gegen jüdische Intellektuelle gerichtet waren. Chruschtschows »Geheimrede« 1956 auf dem XX. Parteitag der KPdSU prangerte Stalin öffentlich an und läutete die sogenannte »Tauwetter-Periode« ein. Politische Gefangene wurden in großer Zahl aus dem Gulag entlassen und »rehabilitiert«, der Eiserne Vorhang öffnete sich einen Spaltbreit, gerade weit genug, um einen Blick auf den Wohlstand, die Kunst und Kultur des Westens freizugeben. Doch 1964 wurde Chruschtschow entmachtet, und Breschnew stand bis zu seinem Tod 1982 als Generalsekretär an der Spitze der Kommunistischen Partei. Der Vorhang schloss sich wieder.

Das »Tauwetter« hinterließ jedoch einen nachhaltigen Eindruck bei der russischen Intelligenz, besonders in Moskau und Leningrad. Während der Staatsapparat intakt blieb und damit auch die strenge Zensur aller Druckerzeugnisse, entwickelte sich der Samisdat: im Untergrund verbreitet über inoffizielle Kanäle, erschien eine nicht systemkonforme, zumeist verbotene Literatur. Der Besitz eines Werkes wie »Archipel Gulag« von Alexander Solschenizyn konnte folgenschwere Konsequenzen haben, die vom Verlust des Arbeitsplatzes bis zur Inhaftierung reichten. Doch ließ sich die Entwicklung nicht mehr aufhalten.

In dieser Welt schrieb Leonid Zypkin und leben seine Figuren. Der Autor wurde 1926 als Sohn russisch-jüdischer Eltern in Minsk geboren. Nur knapp überlebte seine Familie den stalinistischen Terror der dreißiger Jahre und die deutschen Angriffe auf die Sowjetunion im Zweiten Weltkrieg. Später studierte Zypkin Medizin und arbeitete als Pathologe in Moskau, wo er starken Repressalien ausgesetzt war. Das Schreiben war für ihn der einzige Trost, auch wenn sein literarisches Werk durch die Zensur unveröffentlicht blieb. Er schrieb unermüdlich, doch buchstäblich für die Schublade. Er war nicht Teil der »aktiven Zirkel« des Untergrunds, und doch prägte diese Realität sein Werk, wie es vor allem Jamey Gambrell anschaulich aufzeigen konnte (vgl. Preface, in: Leonid Tsypkin, The Bridge Over the Neroch and Other Works, translated by Jamey

Gambrell, New Directions Books, New York 2012, S. VII bis XIII).

Nicht nur Kultur-, auch viele Konsumgüter mussten »beschafft« werden, was dann bedeutete, in endlosen Schlangen anzustehen, um Orangen aus Kuba, Strumpfhosen aus der DDR, Stiefel aus Ungarn oder auch ein Abonnement für das Gesamtwerk eines bedeutenden Schriftstellers zu ergattern. Das Gleiche galt, wenn man Urlaub in einem Hotel machen wollte, wie es Boris Lwowitsch in der vorliegenden Erzählung am eigenen Leib erfährt.

In diesem Klima gedieh ein zunehmender, staatlich geförderter Antisemitismus. Zypkins Erzähler weiß, dass die Nazis nicht nur Millionen europäischer Juden in Konzentrationslagern vernichtet, sondern auch Zehntausende auf sowjetischem Gebiet ermordet und anonym verscharrt hatten. Und jetzt, in der Stadt, die »bekannt ist für ihre alten Kirchen« (S. 91), werden Menschen verhaftet und abgeführt, nur weil sie sich versammeln, um der Opfer des (namentlich nicht genannten) Massakers von Babyn Jar zu gedenken.

Boris Lwowitsch würde gern ein aufrechter Sowjetbürger sein, weiß aber, dass er als Jude nie wirklich dazugehören wird. Das führt zu einer erhöhten Sensibilität und Reizbarkeit, die bisweilen in einen extremen, grausamen Narzissmus umschlagen kann, wie bei dem Vorfall mit der Hoteldirektorin. Das ganze Gewicht der

Vergangenheit ist in ihm präsent, so dass Zypkin auf engstem Raum den Bogen spannen kann von der Arche Noah, die auf dem Berg Ararat strandet (den er von seinem Hotelbalkon aus sehen kann), von der Kreuzigung Jesu über Babyn Jar und den Holocaust bis hin zu den sowjetischen Militärflugzeugen, die Boris nachts am Himmel hört – »manchmal ging ihr Getöse in Brummen über, wie im Krieg, aber die Richtung, in die sie flogen, war offensichtlich – nach Süden« (S. 96) – und deren Mission es ist, Ägypten und seine Verbündeten mit Kampffahrzeugen »mit dem fünfzackigen Stern auf der Panzerung« auszustatten, die während des Jom-Kippur-Kriegs von 1973 gegen die israelischen Juden aufrollen.

Zypkin erzählt auch vom großen Schweigen, von dem, was ungesagt bleibt: wenn sich das Paar in der Öffentlichkeit bewegt und selbst wenn es in seinem Hotelzimmer sitzt – in jener Zeit nahm man an, dass alles »verwanzt« war. Als das Flugzeug bei der Anreise merklich den Kurs ändert und Boris halb im Scherz zu seiner Frau sagt, jetzt würden sie in der Türkei landen, flüstert sie ihre Frage nur: »Würdest du dort bleiben?« (S. 17) Der Zug, der sie zurück nach Moskau bringt, fährt so nah an der türkischen Grenze entlang, dass Boris Lwowitsch den Stacheldraht sehen kann; er »hielt seinen Arm bis zur Schulter aus dem Fenster, und der Arm zerschnitt die Luft und schwang über dem Stacheldraht, und ihm kam es sogar so vor, als reichte er darüber hinaus«

(S. 138). Beiden Handlungen wohnt der Reiz des Unerlaubten inne, weil sie den Erzähler in unmittelbare Nähe zum verbotenen Raum »dort drüben« tragen.

»Drüben« ist der Westen – Europa, Israel, die Vereinigten Staaten, von »drüben« stammen die anonymen Briefe, die der Sohn so unersättlich liest. Drüben ist ein Land, das auf der sowjetischen Landkarte keinen Platz hat; seine Konturen und das, was sie füllt, liegen im Auge des Betrachters und erscheinen umso verheißungsvoller. Der Sohn wird durch das Lesen der Briefe in seinem Wunsch, das Land zu verlassen, bestätigt. Seine Eltern akzeptieren schließlich seine Entscheidung, obwohl sie selbst sich von ihren Bindungen und Verpflichtungen nicht lossagen können; die Großmutter, die die Revolution miterlebt hat, die den Juden eine nie dagewesene Gleichberechtigung brachte, bleibt der Parteilinie verhaftet. Sie sieht in den Absendern der Briefe »Provokateure« (S. 146) und behauptet, den Antisemitismus, von dem Sohn und Enkel sprechen, gebe es nicht. Nach »drüben« zu gehen bedeutete, nie mehr zurückzukehren. Wenn Sowjetbürger in den 1970er Jahren auswanderten, wurde ihnen die Staatsbürgerschaft entzogen; sie durften weder ins Land zurückkehren, noch durften die Verwandten sie im Westen besuchen. Die Entscheidung zu bleiben war ebenso schicksalhaft wie die Entscheidung, das Land zu verlassen.

Und dennoch kommt das Wort »Jude« oder »jüdisch«

im Text nicht vor: der Erzähler erinnert sich an den Vater, »der die Sprache seines Volkes beherrschte, sie aber nur in der Unterhaltung mit alten Leuten, mit irgendwelchen entfernten Verwandten oder mit den Fuhrleuten, die Holz brachten, verwendete« (S. 58). Christus wird als »der Mann mit den eingefallenen Märtyreraugen und den schwarzen Augenringen« (S. 71) bezeichnet. Der Erzähler kann nicht verstehen, warum die Welt vergessen hat, dass Jesus selbst ein Jude war. Warum muss er, Boris Lwowitsch, sich hier und heute so fremd fühlen, wo doch sein Volk das des Mannes mit den eingesunkenen Augen ist?

Für Zypkins Erzähler steht das Heimatland, die UdSSR, auf der einen Seite, in dem er verzweifelt dazugehören möchte, was ihm aber unmöglich gemacht wird. Auf der anderen Seite lockt das verbotene, unbekannte »Drüben«, ein leerer Raum wie der, der auf der Touristenkarte, die Boris Lwowitsch in Norartakir bei sich trägt, »weiß wie der Nordpol« (S. 137) dargestellt ist. Die Linie, die er zu überwinden hat, ist scheinbar dünn, doch auch so tückisch wie der Stacheldraht, der ihn von der Türkei trennt.

Für fertig erklärte Leonid Zypkin seine Erzählung »Die Winde des Ararat« am 16. September 1976. Sein Sohn Mikhail beantragte im darauffolgenden Jahr gemeinsam mit seiner Ehefrau ein Visum und emigrierte mit Mitte zwanzig in die USA, wo er bis heute als Politikwissenschaftler in Pacific Grove, Kalifornien, lebt. Der KGB bestrafte den zurückgebliebenen Vater, indem er den zweifach promovierten Wissenschafter degradierte; seinem eigenen Ausreiseantrag, zu dem er sich im Gegensatz zu seinem Protagonisten entschloss, wurde nie stattgegeben.

Dass die Bücher Leonid Zypkins überhaupt ans Tageslicht gekommen sind, grenzt an ein Wunder. Als er 1982 starb, war es gerade gelungen, seinen Roman »Ein Sommer in Baden-Baden« außer Landes zu schmuggeln, und eine russischsprachige Exilzeitung in New York begann mit dem Abdruck. Jahre später entdeckte Susan Sontag zufällig in einer Bücherkiste ein selbstgedrucktes Exemplar des Romans und war vollkommen fasziniert davon, auf ein unbekanntes Genie gestoßen zu sein. Dank ihres Engagements wurde der »Mann aus dem Untergrund« in zahlreichen Ländern entdeckt und gefeiert – und eines der bewegendsten und originellsten literarischen Werke des 20. Jahrhunderts vor dem Vergessen gerettet.

LESEPROBE